rowohlt
BERLIN

Markus Berges

# EIN LANGER BRIEF AN SEPTEMBER NOWAK

Roman

ROWOHLT · BERLIN

1. Auflage September 2010

Bild Seite 205: Andreas Gursky, «Monaco», 2004 / 06,
C-Print, 307 × 224,5 × 6,2 cm
Zitat S. 206:
Vladimir Nabokov:
«Das wahre Leben des Sebastian Knight»,
übersetzt von Dieter E. Zimmer,
Rowohlt, Reinbek 1996
Satz aus der Dante MT PostScript
bei hanseatenSatz-bremen, Bremen
Druck und Bindung CPI – Clausen & Bosse, Leck
Printed in Germany
ISBN 978 3 87134 656 9

# EIN LANGER BRIEF AN SEPTEMBER NOWAK

# I

Es war die längste Zugfahrt ihres Lebens. In Urlaub waren sie immer mit dem Auto gefahren, mehrmals nach Tirol, zweimal an die jugoslawische, einmal an die italienische Adria. Nun war ihr Vater nicht mit zum Bahnhof gekommen. Er war gegen ihre Reise und hatte, als sie daran erinnerte, dass sie nicht nur volljährig, sondern schon ein Jahr drüber sei, gedroht, sie könne nach ihrer Rückkehr direkt wieder Koffer packen und ausziehen.

«Vergiss nie, woher du kommst!», sagte er im Streit.

«Woher ist das?», fragte sie zurück.

Laut hatte er immer wieder ihren Namen eingebaut in sein Pochen auf all das, was für sie keine Antwort war. Elisabeth. Nur ihre Eltern nannten sie noch so. Auf dem Weg zum Tischtennis hatte er zwar nicht die Tür geknallt, aber seine Jacke so von der Garderobe gerissen, dass Betti ihre Mutter sie am nächsten Abend vor dem Fernseher flicken sah. Sie hatten nicht mehr darüber gesprochen. Seine Drohung war absurd, denn wenige Wochen nach der Reise würde sie ihre Ausbildung zur Krankenschwester beginnen und in ein Wohnheim nach Unna ziehen. Am Morgen der Abreise verließ ihr Vater die Wohnung nach dem gemeinsamen Frühstück wie immer mit einem kurzen «Cześć», seinem einzigen täglichen polnischen

Wort von vielleicht fünf, sechs, die er gelegentlich, selten eigentlich, einflocht. Er hatte sich nur den Hauch eines Akzents bewahrt.

Die Mutter begleitete Betti. Die knapp zwanzig Minuten zum Bahnhof gingen sie zu Fuß, sie mit dem großen Rucksack, ihre Mutter mit dem zweiten, kleineren auf dem Rücken, den Betti während der Reise vorne tragen wollte. Für den Rückweg hatte ihre Mutter ihre kunstlederne Einkaufstasche dabei. Blind für die Heimat, Pfarrheim, Aldi, Wunderpferddenkmal und den verklinkerten Bahnhof, der später abbrannte, unterhielten sie sich auf dem ganzen Weg über Bettis Reise, aber so, als hätten sie sich gerade erst kennengelernt. Eine Kegelschwester, sagte ihre Mutter, habe in Monaco mal fünf Mark für eine Tasse Kaffee bezahlt, kein Kännchen – Blumenriviera. Krk, in dem Jahr lagen die Ferien früh, habe ihr auch sehr gefallen. Als wären nicht immer beide dabei gewesen, besprach erst die Mutter ihre touristischen Vorlieben, dann Betti. Sie waren zu früh und mussten lange warten an einem der zwei Warendorfer Gleise. Fast hätten sie sich Berge und Buchten empfohlen.

Als der Regionalzug einfuhr, gaben sie sich die Hand. Dann zog die Mutter Betti an sich. Ich weiß nicht, ob Betti irgendetwas sagte in ihren Armen. Von ihrer Mutter, der Redseligen, kam nichts. Als der Zug anfuhr, zog sie ein knallgelbes Einstecktuch aus der linken Brusttasche ihres Blazers, das Betti nie zuvor aufgefallen war. Damit winkte sie. Dann drehte sie sich um und ging.

Betti musste mehrmals umsteigen. Ab Belgien wuchs ihre Aufregung. Sie war vorbereitet und vermied ihr schlechtes Französisch. In Paris musste sie die Bahnhöfe wechseln. Sie fand sich gleich am richtigen Ausgang wieder. Viel schneller als zu Hause auf dem Teppich kniend über dem in der Bibliothek kopierten Stadtplan, stand sie dann an der giftgrün markierten Stelle: Place de la République. Hier hob sie zum ersten Mal den Blick in Richtung Himmel und ließ ihn an den Häusern wieder hinabgleiten, danach über dem Gewimmel den Sockel aufwärts zu einer riesenhaften Bronze. Eine gigantische Pariserin, die ihrer Stadt mit sanfter Geste etwas Kleines, einen Zweig vielleicht, entgegenhielt.

An ihr war sie womöglich schon einmal vorbeigekommen. Bettis Erinnerungen an Paris beschränkten sich im Wesentlichen auf einige dumpf leuchtende Minuten Busfahrt bei Nacht im Regen. Vor zwei Jahren in der Elf war sie noch am Vormittag ihres Klassen-Tagesausflugs in einem Kaufhaus namens Samaritaine gegen eine Glastür gerannt und hatte, hieß es, in einer Blutlache gelegen. Erst im Krankenhaus war sie wieder zu sich gekommen. Die Wunde wurde genäht, und als der Lehrer ihre Eltern anrief, baten sie ihn inständig, Betti gegen französischen ärztlichen Rat mit nach Hause zu nehmen. Auf dem Weg zurück saß sie allein auf der freigeräumten Rückbank, damit sie sich jederzeit hinlegen konnte. Sie sah aus dem Fenster die Boulevards glänzen und spürte ihren Puls unter dem Verband. Da ist noch heute ein weißer Strich, wenn sie ihr Haar zurücknimmt. Es ging ihr gut am nächsten Tag.

Jetzt, zwei Jahre später, setzte sie sich am Place de la République in die dritte Tischreihe eines Cafés auf einem

Bürgersteig, bestellte schmerzhaft knuspriges Baguette, beobachtete den Kaffeeschaum, Passanten, vier Spuren Verkehr und hatte genügend Zeit, das Buch auszupacken, das ihr September zum Geburtstag geschenkt hatte. Für diesen Moment hatte sie es aufgehoben.

In neonbuntem Schneekristallpapier steckte eine antiquarische Ausgabe: «Meister Floh. Ein Märchen in sieben Abentheuern zweier Freunde» von E.T.A. Hoffmann. Ohne diesen Autor zu kennen, hatte sie September letztes Jahr selbst ein E.T.A.-Hoffmann-Lesebuch geschickt, weil auf dem Umschlag gestanden hatte, es enthalte die Vorlage für das berühmte Nussknacker-Ballett von Tschaikowsky. Das Geschenk hätte ihr sehr gefallen, schrieb September. «Es war einmal –», fing Betti an zu lesen, «welcher Autor darf es jetzt wohl noch wagen, sein Geschichtlein also zu beginnen.»

Plötzlich lag etwas Eingeschweißtes auf dem Tisch, dazu ein handgeschriebener Zettel. Noch während sie ihn zu entziffern versuchte, streckte ihr ein Mädchen die offene Hand hin. Es sagte nichts. Die dunklen Augen und das ganze Gesicht starr, dazu ein schwarzer Zopf, schaukelte es seinen Oberkörper vor und zurück. Betti schien nicht zu begreifen. Das Mädchen raschelte mit dem Eingeschweißten. Betti wurde rot und fischte einen Franc-Schein aus dem Portemonnaie. Stumm tauschte es das Geld, viel zu viel, mit nur einer Hand gegen das Ding in Folie und wandte sich ab. Im Gefühl, schon die erste Prüfung nicht bestanden zu haben, riss Betti die Verpackung auf. Es war ein Schlüsselanhänger, ein gelber Delfin. Am Bauch ein rosa Knopf. Sie drückte ihn, es kam ein leises

Keckern. Das ertönte dann auch an Nachbartischen, und als Betti ging, meinte sie, ihr würden zum Abschied noch ein paar hämische elektrische Grüße hinterhergeschickt.

Der Gare de Lyon sah von weitem weiß und irgendwie nördlich aus. Dabei kam man von diesem Kopfbahnhof nur in die andere Richtung. In der Halle hatten sie an alle Gleisenden zumindest Palmen in Kübeln gestellt.

Von hier war die Zugfahrt wie ein ins Endlose gezogener Wachtraum, der, kam Betti mal zu vollem Bewusstsein, zum Beispiel aufgeschreckt durch das Geklingel eines Kaffeeboys, immer nur Sekunden gedauert hatte. Sie las die Rückseite seines T-Shirts: Café, Infusion, Minute Maid ..., las ihr Geschenk, trat wieder weg. Der Himmel wurde immer weißer, südwärts rauschte kühl der TGV, im Buch fiel Schnee, und «Knaben standen von ferne und verschlangen schweigend mit den Augen jede Gabe, wie sie aus der Hülle hervorkam, und konnten sich oft eines lauten Ausrufs der Freude und der Verwundrung nicht erwehren!». In diese deutsche Weihnacht sagte ein junger Mann namens George: «Vernehmt, daß ich selbst die Distel Zeherit bin.» Und Betti begriff: Alle, alle Menschen sind kämpfende Blumen. Und, ach, Dörtje Elverdink ist Prinzessin Gamaheh. So reiste sie, zwischen Dämmern, Lesen und Starren, bis sich endlich ihr eigenes Abentheuer wie ein stummer Zugestiegener neben sie setzte. Ab Lyon war der Wagen unklimatisiert, hinter Marseille fand sie keine Ruhe mehr.

Die Zugtoilette war ekelhaft. Doch eine halbe Stunde vor Ankunft ließ sie sich nicht mehr vermeiden. Sie war besetzt. Dann hielt Bettis Vorgänger ihr ungelenk die

Tür auf, eine Höflichkeit, für die es zu eng war. Sie riss Jeans und Slip runter und schiss sich, die Ellenbogen auf den Knien, mit zehn Zentimetern Abstand die Angst aus dem Leib. Nacheinander fand sie erst den Fußschalter für die Spülung nicht, dann die Lichtschranke im Wasserhahn und die Papierhandtücher. Das Fach war leer. Betti musste fast lächeln. Nur für einen Moment war da Mut oder Lust, als sie wieder auf den Gang hinaustrat, aber von den Bauchschmerzen, die ihr die Aussicht auf Versagen immer gemacht hatte, schon nicht mehr zu unterscheiden, als sie wieder auf ihrem Platz am Fenster saß, mit Blick auf in Armeslänge Vorbeischießendes, Wälle, kurze Tunnel. Die Sonne ging unter. Kurz vor Nizza war es dunkel.

Als Betti, vorne und hinten bepackt, auf den hellerleuchteten Bahnsteig trat, erwartete sie, augenblicklich aus der Menge heraus angesprochen zu werden. Und das, obwohl eine völlig unkenntliche Selbstlomografie Bettis ironischer Schlusskommentar zum ewigen Bilderverbot ihrer Brieffreundin gewesen war. Auf diesem Erkennungsfoto im allerletzten Brief an September war von Bettis mit Kajal gemaltem Schnäuzer unter der Nase nur ein verwischter Strich in einer hellen Wolke geblieben.

Der Ankunftstumult legte sich. Nizza war Endstation. Sie stellte ihre Rucksäcke ab und schnallte sie wieder auf, wollte den Bahnsteig runterlaufen, in der Vorhalle Ausschau halten. Aber sie hatte Angst, den Treffpunkt zu verlassen. Dann fand sie eine Bank. Nach einer Stunde Warten oder länger versuchte sie verzweifelt zu lesen, nicht darauf vorbereitet, schon hier statt erst im dreißigsten Stock des Château Périgord zu scheitern. Sie nickte weg. In monegassische Verhältnisse, Stiefpenthäuser. Hatte sie sich nicht seit Jahren als eine Nowak vorgestellt? Auf Booten namens Betti. Nein, nicht wahr! Namens Kismet! Denn Boote gehen unter, sagt Papa. Aber doch mit einer schönen, seltsamen Schwester namens September.

«Betti?»

Im Halbschlaf hatte sie die Gestalten vom Ende des Bahnsteigs auf sich zukommen sehen. Der Mann war in einiger Entfernung geblieben, die Frau stand nun halblinks vor ihr. Sie war fett. Ihr großes farbloses T-Shirt spannte am Busen und an dem gewaltigen, schlaffen Bauch, der zu zwei Dritteln unter dem Gürtel einer offenbar sonderangefertigten Jeans steckte. Ihr ausladender Hintern und die enormen Oberschenkel. Ihr Gesicht war blass unter den Sommersprossen. Der Mund feuerrot. Obwohl vom Kinnspeck in die Länge gezogen, wirkte ihr Kopf auf dem riesigen Körper winzig. Sie war wenig größer als Betti.

«Betti!»

Die Frau kam näher, zeigte die Zähne und griff nach Bettis kleinem Rucksack, drehte sich um und bewegte sich gemächlich mit Gesten, die Betti von hinten nicht deuten konnte, in Richtung ihres ebenfalls sehr dicken, aber nicht vergleichbar fettleibigen Gefährten. Betti ließ sie gewähren und schulterte wie im Traum den zweiten Rucksack. Die beiden sprachen französisch miteinander, waren jung, etwa in ihrem Alter. Sie bemerkte das erst jetzt, hinter ihnen hertrottend. Dass die zwei nicht nur eine seltsame

Eskorte waren, dämmerte Betti eher, als dass es sie traf wie der Blitz: September Nowak holte sie ab. Sie ahnte das kaum auf dem Bahnsteig, und ich weiß nicht, was genau sie schon in der Halle oder während der kurzen Autofahrt und was sie erst in der Wohnung begriff, bevor sie schluchzend auf der Gästematratze lag.

Betti folgte, hielt Abstand. In der Halle wartete die Fette auf sie. «Das ist Roland. Roland?»

Ihr Gefährte drehte sich um und hielt Betti die Hand hin. Sein Händedruck war feucht und schlaff. «Bonsoir.»

Die Frau stand dabei, deutete auf sie: «Betti.»

Erwartete Betti, dass auch die Fette sich vorstellte?

«Wo fahren wir jetzt hin?»

Die Fette greift nach ihrem langen braunen Pferdeschwanz, holt ihn sich wie ein Kleintier über die Schulter, antwortet: «Nach Hause», streicht ihn wieder zurück, wie gedankenverloren, sagt plötzlich: «On y va!»

Dann geht sie neben Betti, schnaufend, aber vielleicht addiert sich zu ihrem Atem auch nur das Reiben von Stoff und das Schlurfen in offenen Schuhen. Sie überqueren einen vollen Parkplatz, warten an der Ampel. Das Auto, zu dem sie Betti führen, ist klein. Der verbeulte lila Wagen steht im Laternenlicht, französisch oder koreanisch, sie kennt sich nicht aus, zwei Reifen auf dem Bürgersteig, wie seine größeren Nachbarn. Die Fette öffnet den Kofferraum. Roland hilft Betti aus den Schlaufen und wuchtet den Rucksack rein. Die Fette presst den kleineren dazu, schließt die Klappe. Betti sitzt hinter ihr, als sie sich aus der Hocke auf den Fahrersitz schiebt. Der Wagen geht in die Knie. Irgendetwas auf der Ablage rutscht in ihre Richtung.

Roland steigt ein und gleicht aus. Das Auto stinkt nach Zigaretten. Noch während des Ausparkens zündet Roland eine an und steckt sie der Fetten an die Lenkradhand. Er hält Betti die Packung nach hinten, aber sie raucht nicht. Er klopft sich selbst eine heraus.

Die Fette fragt: «Wie war die Fahrt?»

Betti sagt: «Gut.»

Mit heruntergekurbelten Fenstern fahren sie durch Nizza. Sie hatte sich das so oft anders vorgestellt, im Fahrtwind vom Bahnhof ans Meer, in Kurven die Küste entlang. Außer einem steinernen Flussbett und ein paar flussbettfarbenen Hochhäusern sieht sie nichts. Da ist noch Musik aus dem Radio, dann ist die Fahrt schon zu Ende.

Als Roland aussteigt, kippt der Wagen wieder. Während Betti hinausklettert, sprechen die beiden, aber sie versteht nicht. Vor dem Kofferraum wirft die Fette sich den kleinen, immer winzigeren Rucksack über eine Schulter, während Roland versucht, den großen auf seinen Rücken zu bekommen, aber die Schlaufen sind ihm zu eng.

«Je prends, s'il vous plaît», bittet Betti. Roland setzt ihn ihr auf. Sie stehen hinter einem fünf- oder sechsstöckigen Haus auf einem erleuchteten, langen und schmalen Parkplatz an einer hohen Mauer. Es ist fast still, von fern Verkehr, vor den Balkons flattert Wäsche, bauschen sich vergammelte Markisen. Sie gehen los, Betti bleibt hinter ihnen. Wie muss ihre kurze Kolonne vom Dach aus aussehen? Ein Zaun unterbricht die Mauer, dahinter Planen im Wind. Je weiter sie um das Haus kommen, desto dunkler wird es. An der Stirnseite hängt fast auf Augenhöhe ein Verbotsschild: JEU DE BALLON. Darunter ist etwas mit

Farbspray unkenntlich gemacht. Fünf spärlich beleuchtete Eingänge tauchen auf. Sie gehen auf den vierten zu. Die Fette schellt. Als keiner öffnet, kramt sie aus einer kleinen Handtasche einen Schlüssel hervor. Neben dem Klingelfeld nachlässig übertünchte Graffiti, noch deutlich lesbar, nur für Betti unverständlich. Sie lassen ihr den Vortritt ins Treppenhaus, vorbei an Briefkästen, in einen Hausgeruch nach gebratenen Zwiebeln, Fisch, treppaufwärts Katzenpisse. Auf jedem Absatz wartet Betti, ohne sich umzuschauen. Sie ist eine halbe Treppe voraus, hier funktioniert das Licht nicht. Jetzt schließt die Fette unter ihr auf und steht da, bis ihre Blicke sich treffen. Betti kehrt um und folgt in einen stickigen Flur. Es riecht nach Suppe, Kippen, Schweiß und Deo oder Parfum. Die beiden füllen den Gang aus, aber es ist Betti, die hinter einer vollgestopften Garderobe mit ihrem Rucksack an den Spiegelschrank stößt und dann die umgefallenen Porzellanfiguren neben dem Telefon wieder aufrichten muss, ein Schweinchen, ein Kind mit Hut und Flöte, einen singenden Engel. Vorsichtig lässt sie den Rucksack vom Rücken, schleift und hebt ihn in den nächsten Raum, vor ein Sofa. Darauf sitzt schon Roland mit der Fernbedienung, und Janet Jackson singt aus einem sehr großen Apparat zu Bildern wie aus einem Urlaubsfilm: «Woops now, sorry, I can't go, sorry, I can't go, sorry, I can't go.» Lässig die Musik, sanft schaukelnd. Sie steht da, sie kennt den Hit. Er ist unwiderstehlich.

«Betti?»

Von ihrer Antwort wird ihr schlecht. «Ja.»

«Hast du Hunger?», fragt die Fette vom Herd aus, wo

sie Eier aufschlägt. Hinter ihr ein Tisch mit bunter Kunststofftischdecke und vier weiße Stühle aus Plastik.

«Nein, kein Hunger.»

Betti schleppt ihren Rucksack in Richtung Tisch, lehnt ihn an den Stuhl, auf den sie sich setzt, als wäre sie auf dem Sprung. Sie könnte einfach gehen. Wohin? Bald wird sie abgeholt. Vielleicht denkt sie so was. Auch muss sie sich plötzlich übergeben.

«Wo ist die Toilette?»

«Du kamst vorbei. Die erste Türe links.»

Wieder hantiert sie mit dem Rucksack, findet kaum ein Stück freie Wand zum Anlehnen, die Küche ist voll wie ein Wohnwagen. Im Bad würgt sie vergeblich über dem Klo, spült den Mund aus, schlägt sich Wasser ins Gesicht, scheut die Handtücher und trocknet sich mit dem T-Shirt ab. Auf dem Bauch die Wasserspuren ihres Gesichts. Sie meidet den Spiegel, klappt den Klodeckel herunter und sitzt. Haare rinnen ihr durch die Finger. Was soll sie tun? Es ist ihre erste eigene Reise. Sie hat dazu keine Alternative. Das Badezimmer ist nicht kleiner als das zu Hause und ebenso peinlich sauber. Das rotblonde Haar auf dem Boden stammt von ihr selbst. Drei Zahnbürsten in Bechern unter dem Alibert, daneben Tuben und Flakons. Sie hört die Fette kommen, ihr Rauschen beim Gehen.

«Es geht?» Sie klopft nicht.

Betti muss wieder hinaus. Als sie die Fette von hinten am Tisch sitzen sieht, fällt ihr auf, dass zwei der Stühle lehnenlos sind, sonst würde sie nicht hineinpassen. Ein sauberer Teller und zwei schmutzige, sie war ein Nachtmahl lang im Bad. Roland schaut wieder fern.

«Es ist noch ein Rest da», sagt die Fette.

«Ich bin schrecklich müde», antwortet Betti.

«Natürlich.» Die Fette erhebt sich.

Gegenüber der Küchenzeile öffnet sie eine von Schränken umbaute Tür. «Wir machen dein Bett. Du schläfst bei mir.»

Betti betritt das kleine Zimmer. Ein schmales Fenster, ein Tisch, ein Regal, ein ungemachtes Bett, kein Platz für ein zweites. Die Wände in strengem Rosa. Die Fette kommt nach, drückt ihr Laken in die Arme und ruft: «Roland?» Dann murmeln die beiden im Flur, und Betti hört eine leise dritte Stimme. Roland kehrt mit einem Schlafsessel zurück, hievt ihn hochkant durch die Tür. Ausgeklappt passt er genau vor das Fußende des Bettes, auf den Zentimeter. Roland steigt über den Schaumstoff aus dem Zimmer und tritt noch einmal dagegen, damit die Tür zugeht.

«Meine Mutter und Delphine, sie frühstücken früh. Ich fahre mit zu Roland. Morgen arbeiten wir Spätteam. Du bist frei also. An der Wand im Flur hängen Schlüssel. Gute Nacht», sagt die Fette leise, die Klinke in der Hand. Sie spricht ohne Akzent. Betti kennt diesen Singsang.

Roland steht hinter ihr. «Bonne nuit.»

«Bonne nuit, Roland.»

Die Fette zieht die Tür zu.

Betti spannt ein Laken über die Liegefläche und breitet das andere als Decke aus. Nachdem die Wohnungstür ins Schloss fiel, ist es still, und sie holt ganz leise ihre Rucksäcke aus der Wohnküche. Ein Sweatshirt faltet sie zu einem Kissen, die Mineralwasserflasche ist noch halb voll. Sie putzt sich am Fenster die Zähne, spuckt aus, vier Stockwerke tief, auf den Parkplatz. Hinter der Mauer sieht sie ein Baustofflager, Gleise, Güterzüge. Es ist Zeit, zu weinen.

Aber erst als sie im Halbdunkel erwachte, vielleicht zwei Stunden später, als Betti erneut klarwurde, wo sie war, auf dem Boden und an wessen Fußende, konnte sie weinen und dann nicht mehr aufhören. Nach Stunden im Halbschlaf setzte sie sich auf, bekam Angst vor dem Frühstück, glaubte, schon Morgengeräusche zu hören. Es begann zu dämmern. Das Zimmer war schmucklos, keine Bilder. Oben auf dem hohen Bücherregal neben dem Bett lag etwas Langes. Als sie das Licht anknipste, war es ein Krokodil. Ein großes Stofftier, wie sie als Hauptgewinn kopfüber in Losbuden hängen. Ungewaschen streifte Betti sich frische Sachen über, dabei sah ihr von unterm Bett der Fetten ein Zwillingskrokodil zu.

Handtuch, Buch, Bademantel und Badeanzug, ihre Lomo, Sonnenbrille, Sonnenmilch, Jacke, Brustbeutel, Reiseführer. Sie vergaß nichts, fand das Brett mit den Schlüsseln neben der Wohnungstür, und gleich der erste, den sie probierte, verkleidet als Touristin, passte.

Sie hatte die ganze Zeit nur leise geweint. Als sie aus dem Haus war, an der Luft, heulte sie auf, ging blind los Richtung Straße und hockte schon nach wenigen Metern mit angezogenen Knien auf einer Bank. Arbeiter kamen vorbei. Als sie hersahen, setzte sie ihre Sonnenbrille auf. Keiner kam zu ihr. Sie fasste sich halbwegs. Die Männer gingen durch ein Tor in eine große, offene Halle, davor Gabelstapler. Direkt gegenüber, nur wenige Meter entfernt, standen Tisch, Stühle, Sonnenschirm und eine Hollywoodschaukel auf der zaun- und heckenlosen Veranda des Besitzers, der hier ein kleines Landhaus hatte, weiß mit grünen Fensterläden.

Als sie aufstand, wusste Betti nicht mehr, von wo sie im Auto mit Roland und September gekommen war. Sie ging auf Wegen zwischen vierspurigen Straßen in die falsche Richtung, barfuß in Leinenschuhen. Dann kam sie ans Flussbett. Aber an ihrer Seite ging es nicht nach unten. Sie folgte der Betonböschung zur ersten Brücke und sah hinab. Das breite Bett war trocken bis auf ein Rinnsal. Auf den Steinen erste Spaziergänger mit großen Hunden, Stöcke werfend. Betti ging auf der anderen Seite ein Stück flussaufwärts, entdeckte dann einen Pfad hinunter, wollte ans Wasser. Doch unten ließ es sich schlecht gehen in ihren leichten Schuhen auf den wackligen Brocken, und alles war voller Kot. Sie kehrte um und nahm den sandigen Uferweg, am Rand lagen Plastikmüll, Dosen, Kondome, unter der Brücke ein dreckiger Schlafsack. In der graublauen, kaum mehr nachtkühlen Luft bei jedem Atemzug der Geruch von Hundescheiße. Aber sie wollte nicht zurück. Flussabwärts wurde das Ufer immer steiler. Ein breites Gebäude kam näher, das den Fluss zu schlucken schien. Als sie davorstand, sah sie dieses schildkrötenartige Haus wirklich unter fünf großen schwarzen Bögen den dünnen Fluss und seine beigen, stinkenden Steine in sich aufnehmen. Der Weg versandete. Sie musste die steile Böschung hinauf, zehn Meter vielleicht bis zur Straße, kroch, hielt sich an Gräsern fest und Erde, rutschte, krabbelte und kam verdreckt und aufgeschürft oben an, klopfte sich ab und ging weiter. Betti weinte sowieso. Sie wollte frühstücken und nach Monaco.

Die Straße entlang blieb das Flussbett unsichtbar. Als es plötzlich links in der Tiefe wieder auftauchte, waren dort am Bürgersteig mehrere Schilder aufgestellt, allesamt unleserlich durch Kratzer und Farbe. Nur in einer Ecke konnte sie einen Eisvogel entdecken. An einer anderen Stelle las sie «Oiseau». Dass das «Vogel» hieß, lernte sie erst später. Jahrelang hatte sie bis dahin Oiseau für den schönen Namen dieses erbärmlichen Flusses gehalten.

Bald war sie dem Zentrum nahe genug, um sich auf dem Stadtplan ihres Reiseführers wiederzufinden. Es waren keine zwanzig Minuten bis zum Busbahnhof. Sie entdeckte schnell ihr Ziel im Schaukasten, im beleuchteten Gewirr der Fahrplanzettel. Der nächste Bus war ein Express über die Autobahn, der übernächste machte häufiger Station. Ein Café war schon geöffnet. Dort ließ sie Zeit vergehen und ihr Croissant nach einem Bissen liegen, ein schmutziger erster Gast mit Sonnenbrille. Sie bestellte drei Café crème und sah den Fischhändlern beim Aufbau ihrer Stände zu, bis die ihr Herz klopfen hörten.

Im Küstenbus fand Betti über dem Radkasten hinten eine freie Bank, auf der Seeseite. Sie musste die Beine kaum anwinkeln. Minuten später verlor sich das Meer türkis im grauen Morgendunst. Die anderen sahen kaum hin oder mit Blicken wie Fahrgäste in Westfalen auf Maisfelder. Palmen ragten aus dem Garten eines Hotels namens «Maeterlinck». Am «Le Versailles»-Restaurant stiegen trotz Ferienzeit Schulmädchen in Uniform zu und in Pont Saint-Jean eine alte Frau mit Turmfrisur, roten Schuhen und gelbem Kleid. Daran war ein schimmernder Schmetterling aus Pailletten, in der Hand hielt sie an goldenen Reifen eine Tasche mit maritimen Motiven. Sie setzte sich auf die Bank vor Betti. Ihre langen Ohrringe legten sich in die Kurven, und Betti beugte sich vor, um ihr Parfum zu riechen. Beaulieu-sur-Mer, Cap Roux, Eze Bord de Mer hießen die Orte. In Cap-d'Ail stieg einer aus, der ein Croupier hätte sein können. Noch auf den Stufen des Busses zündete er eine Zigarette an. Betti weinte wieder, aber sie sah alles. Manchmal drehte sich jemand nach ihr um.

Kein Ortsschild kündigte Monaco an. Vor einem Tunnel verließ die Hälfte der Fahrgäste den Bus. Sie entschied sich für die nächste Haltestelle, dort wieder für die nächste. Schließlich stieg sie irgendwo aus. Die Häuser waren hoch an den steilen Hängen, die Straßen eng, und Betti lief eingekesselt wie ein Meerschweinchen in den laubgesägten Parcours bei Meerschweinchenrennen auf Schützenfesten. Plötzlich Lücken in den Häuserfluchten, man sah Schiffe, das Meer hundert Meter unter ihr, jetzt von der Sonne scharf gezeichnet bis zum Horizont. Doch führte keine Straße abwärts. Vor vielen Hauswänden warteten Menschen. Plötzlich verstand Betti: Die Metalltüren, um die sich lockere Gruppen bildeten, waren Aufzüge. Sie stellte sich dazu. Die Kabine holte ihre Gruppe gerade ab, da sah sie nebenan auch ein öffentliches Treppenhaus. Später entdeckte Betti solche Treppenhäuser überall. Sie lief auf und ab, stieg durch den winzigen Staat wie durch ein riesiges Haus ohne Dach. Von hier waren Baumkronen mit der Hand zu erreichen. Auf den Dächern Kinder, auf Panoramaspielplätzen aus Vollgummi.

Müde von den Stufen, machte sie Pause unten am

Strand. Auf einer kurzen Promenade stand ein toter Springbrunnen. Betti setzte sich auf den Rand und spürte, wie es sofort wieder aus ihr zu schütten begann. Enttäuschung oder Mitleid oder Selbstmitleid ... Dreck!, dachte sie, zwang sich das zu denken: Dreck! Sie musste ihre Gefühle nicht auseinanderhalten.

Als sie endlich aufstand und sich umdrehte, sah sie das Château Périgord. Die ganze Zeit über hatte sie es im Rücken gehabt. Es war nicht das höchste Building von Monaco und beherrschte doch die Bucht als einziger echter Turm. Für ein Hochhaus hatte Betti das Château immer schön gefunden. Auf der Dachterrasse erkannte sie die drei Palmen, die sie auf dem Foto zu Hause so oft mit der Lupe betrachtet hatte.

Betti nahm einen Aufzug. Zweimal lief sie oben in die verkehrte Richtung. Der Eingang lag versteckt, aber er war großartig. Tatsächlich stand in goldenen Lettern über einer gewaltigen Drehtür «Château Périgord I». Die benachbarten Geschäfte zeigten ihre restaurierten Sportwagen und weißen Möbel in großen Schaufenstern im Foyer des Building. Der Boden der Halle glänzte schwarz. Zwei Rezeptionen aus dunklem Holz lagen sich gegenüber, dahinter Aufzüge aus Messing. Die Angestellten, jeweils ein Mann und eine Frau, beachteten sie nicht, als sie eintrat. Betti schlenderte herum, sah sich die Auslagen an und nahm Platz in einer weißen Ledersitzgruppe, schlug das aufgeschürfte Bein über das dreckige und blätterte in einer Illustrierten, die da lag.

Ein Rezeptionist kam schließlich herüber und fragte sie, zuerst auf Französisch, dann auf Englisch, was sie hier wolle. Betti ignorierte ihn einfach, bis er seine Kollegin rief. Die war dunkelhäutig und kräftig, trug ihre Locken dicht am Kopf, nahm sie gleich beim Arm, sagte nichts, zerrte nur. Betti gab ihr eine Ohrfeige. Vielleicht war sie selbst darüber am meisten erstaunt. Doch nutzte Betti den Schreck, rannte los und stürzte hinaus. Mit irgendeinem Schirm, den sie flüchtend aus einem goldenen Eimer gerissen hatte, blockierte sie hinter sich die Drehtür, rannte, hörte die Frau noch schreien. Die Stimme überschlug sich, fassungslos.

Aber in Wahrheit ließ man Betti in Ruhe. Sie stellte sich das alles auf dem weißen Sofa nur vor. Nicht einmal in die Aufzüge stahl sie sich, um zumindest die Klingelschilder im obersten Stock zu lesen oder dann über den Notausgang aufs Dach zu kommen.

Wieder draußen, streunte sie weiter. Lange saß sie mit anderen Touristen vor den Rabatten am Casino. Dahinter lag ein Park, wo sie ein steifes asiatisches Pärchen vor einer Wand aus feurig blühenden Büschen fotografierte, das sich nickend bedankte. Sie ließ sich abwärtstreiben und stand wenig später plötzlich vor einem wehrturmartigen Gebäude. «Casa Mia» stand in Großbuchstaben über der Einfahrt, darunter ein Schlagbaum. Hier parkten mehrere schwere Wagen. Betti fand ein Schild: «Académie de danse classique Princesse Grace – Marika Besobrasova». Sie hatte sich offenbar richtig erinnert. Schon früh hatte September von Madame Besobrasova geschwärmt. Später hatte sie geklagt, dass sie und ihre Freundin Danielle von ihr gequält würden. Danielle hatte irgendwann aufgegeben. So weit sie kam, sah sich Betti das Haus an. Zur Gasse hin gab es keine Fenster. Da war eine überdachte Freitreppe, efeubewachsen. Sie führte zu einer Tür im ersten Stock. Betti traute sich nicht hinter den Schlagbaum.

Nicht zu entdecken war der Saal, den sie sich so oft und genau vorgestellt hatte. Das glattgetanzte Parkett unter der Spiegelwand, Septembers Training über dem Meer, in Brisen, wenn die Fensterfront weggeklappt war, stets im Trikot, denn sie hasste Tütüs. Eine Gruppe Mädchen kam aus der Tür. Sie liefen mit ernsten Gesichtern die Treppe hinab, in Gespräche vertieft, verabschiedeten sich mit Küsschen und verteilten sich auf die Wagen, die auf sie warteten. Alle waren noch verschwitzt in T-Shirts und Leggings, transportierten ihr Zivil in Plastiktüten. Das Haar hatten die meisten zum Pferdeschwanz gebunden. Einige auch zu Knoten, und darüber trugen sie, was September «Eimerchen» geschimpft hatte, einen Becher aus Spitze oder Tüll.

Sie wanderte weiter, kam wieder in höhere Lagen, stand vor dem Bahnhof, wo sich Richtung Meer eine Schlucht auftat. Die Sicht war gut, bis zum Yachthafen. Aber vergeblich hielt Betti Ausschau nach dem Stade Nautique. Auf den Wendeltreppen, die sie hinabstieg, begann sie zu zweifeln, fing an, auch Septembers Stadionbad für eine Erfindung zu halten. Betti kannte es besser als das Emsbad, das verfickte Emsbad in Warendorf, und sie schrie ihre viel zu kleine Stimme in die Schlucht, bis sie wehtat. Sie wollte Steine schleudern, fand aber keine.

Unten im Hafen sah Betti Yachten, wie sie sie nicht für möglich gehalten hatte. Der Weg am Kai war schmal, aber mit steinernen Wappen gepflastert und mit Windrosen. Offen lagen die Schiffe da, riesige blaue, rote und grüne Puffer aus Samt hingen an ihren Rümpfen. Sie trugen Namen wie «Harbour Noon» oder «One More Toy». Jeder verstand hier alles. Keiner musste, wie Betti zu Hause, «Kismet» erst nachschlagen.

Sie aß eine halbe Suppe in der Shangri-La-Snack-Bar. Auf der Speisekarte war Grace Kelly mit versteinertem Gesicht und im Hochzeitskleid abgebildet. Es war ihrer Miene nicht abzulesen, was sie von den stacheligen Orden – Betti zählte neun – an der Brust ihres Fürsten hielt. Die Bedienung war auffallend hübsch, hinkte aber und trug wie selbstverständlich zur Schürze im Haar ein Diadem.

«Vous connaissez le Stade Nautique de Monaco?», fragte Betti.

Die Kellnerin zeichnete lächelnd einen großen Bogen in die Luft. Es lag nur einen Steinwurf entfernt. Den Sprungturm, der die ganze Zeit schon offensichtlich in den Himmel ragte, hatte sie wohl für einen Schiffsaufbau gehalten. Sie zahlte, schulterte ihre Badesachen und ging Richtung Stadion, schon wieder schluchzend, nur schmeckte Bettis Kummer nun für Sekunden unbekannt und süß.

Schon von außen sah man Schwimmer, am Beckenrand Kinder, alle umtost von Bussen, Gabelstaplern, vor einem Wald aus Masten. Sie fand den Eingang nicht gleich. Ihm gegenüber, meerseits, ein hoher Mann aus Bronze, der, jeden Muskel gespannt, zum Kopfsprung ansetzte. Auf dem Sockel: «Stade Nautique Rainier III». Betti zahlte und sah sich um. Man lag, wie sie es sich vorgestellt hatte, auf Stufen und unter dem Sprungturm. Neben dem Eingang ein Café. Links ein Schild für die Herren, rechts für die Damen, Silhouetten in Badehose und Bikini. Sie zog sich um und brachte hier den Rest des Tages zu. Eine Frau schenkte ihr einfach so ein Eis, doch sie blieb allein, kraulend oder im Bademantel auf den weißen Steinen.

Der Rückweg schlug Betti auf den Magen. Ihr Bus war ein Express, die Fahrt über die Autobahn bis Nizza dauerte keine zwanzig Minuten. Bald führte die Schnellstraße an der Oiseau entlang. Nach einem Schild, auf dem «Bon Voyage» stand, erkannte sie auf der anderen Seite des Flussbetts die Bank wieder, auf der sie am Morgen gesessen hatte, und stieg eine Haltestelle weiter aus. Mit ihr viele Frauen, die meisten dunkelhäutig und in bunten Gewändern. Bettis Gesicht spannte vom Tag in der Sonne. Nizza lag unter ihr, ein Streifen Meer war zu sehen zwischen Stadt und Himmel. Betti dachte an etwas anderes.

Dieses Mal kam sie im Hellen an. Ihr fielen die vier perfekt pastellorangen Gebäude auf, die das Haus der Fetten von der Straße abschirmten und es in ihrem Hinterhof noch schäbiger aussehen ließen. Auf dem vertrockneten Rasen vor dem ersten Eingang rauchte ein hagerer Mann mit nacktem Oberkörper und glotzte sie an. Sie ging vorbei, zog ihren Brustbeutel mit dem Schlüssel hervor. Lieber hätte sie geklingelt. Beim Überfliegen der Namensschilder rechnete sie nicht mehr mit Nowak. Dann, im Treppenhaus, brauchte man auch tagsüber Licht, und sie steckte ihre Sonnenbrille weg. Wieder mischten sich die Gerüche. Oben lauschte sie länger an der Wohnungstür. Unter der Klingel stand «Nixi». Sie klopfte, als sie Geräusche hörte. Ein Mädchen öffnete. Es ähnelte der Fetten, war aber etwas weniger dick und jünger. «Maman», rief es, drehte sich um, schlurfte gleich wieder zurück. Erst blieb der Flur leer. Dann kam eine Frau, kleiner noch als Betti und auffallend mager, schien ihr, womöglich aufgrund anderer Erwartungen.

Die Frau gab ihr die Hand: «Komm rein. Du bist bestimmt Betti.»

«Delphine, Nicoles Schwester», sagte sie im Vorbeigehen Richtung Sofa, auf dem das dicke Mädchen saß, fernsah und die Hand hob, ohne aufzublicken.

«Ich bin Simone», sagte sie. «Kann ich dir etwas anbieten? Setz dich. Ich habe erst gestern Nacht erfahren, dass es dich gibt. Du bist eine Freundin aus Deutschland? Wie alt?»

Sie sprach flüssig mit Akzent.

«Brieffreundin. Wir kannten uns aus Briefen. Wir haben uns sechs Jahre lang geschrieben, oder fünf. Ich bin neunzehn.»

«Ich kann mich nicht erinnern, dass für Nicole Briefe kamen aus Deutschland. Ihr Onkel schickte oft Bücher. Er ist Deutschlehrer.»

Sie rauchte, schenkte Betti und sich etwas Hellbraunes ein, holte eine Wasserflasche aus dem Kühlschrank, hielt sie Betti fragend hin und goss hinzu. Es ergab eine gelbe Milch.

«Du kommst woher?»

«Aus Warendorf … zwischen Münster und Bielefeld.»

«Ich war mal dort, in Bielefeld. Ich habe viele Jahre in Deutschland gelebt. Nicoles Vater war Deutscher.»

«Ich weiß. Ich meine, sie hat mir davon geschrieben.»

«Wir haben in Köln gewohnt. Nicole ist da geboren und in die Schule gegangen. Der Umzug fiel ihr schwer. Ich hatte zu wenig Französisch mit ihr gesprochen. Als sie es dann hier in Nice ein bisschen gelernt hatte, hat sie mit mir kein Wort mehr Deutsch geredet. Aber sie las ihre Bücher. Der Onkel war ihr immer treuer als ihr eigener Vater.»

«Wir haben uns auf Deutsch geschrieben.»

«Wirklich?»

Bettis Glas war beschlagen, das Getränk war eisig. Es schmeckte nach Lakritz.

«Mein Französisch ist schlecht.»

Sie schwiegen. Simone rauchte, ging dann rüber zu Delphine und fragte etwas, bekam keine Antwort, wiederholte die Frage gereizt. Betti verstand sie nicht, vermutete aber, dass es um ihre Briefe ging. Delphine sagte: «Non.»

«Was habt ihr vereinbart?», wandte sich Simone an Betti. «Was hast du vor jetzt?»

«Ich weiß nicht.»

«Du siehst schlecht aus, pardon. Du bist früh gegangen. Wo warst du denn? Geht's dir gut?»

Sie verschränkte die Arme, lehnte sich ans Sofa und verdeckte den Fernseher halb, Waldbrände, eine Wetterkarte.

«Ich war in Monaco.» Betti fiel es schwer, überhaupt etwas zu sagen.

«Monaco?» Die Frau lachte, als versuchte sie sich zusammenzureißen. «Ich arbeite ... ich putze dort.»

«Ihre Tochter hat mir viel über Monaco geschrieben.»

Simone schien unentschlossen. Sie kam zurück an den Tisch, aschte ab und schenkte nach.

«Du kannst ‹du› zu mir sagen.»

Betti nahm sofort einen Schluck. Simone war deutlich jünger als Bettis Mutter. Aber ihr Haar, lang und früher einmal dunkel, wurde grau. Sie hielt es mit einem weißen Haarband zusammen. Ihr schmaler Körper steckte in knielangen Jeans und einem blassroten, zu weiten Top. Sie trug keinen BH. Ihre Augen leuchteten blau, ihr Gesicht war braun, ihr gelegentliches Lächeln gelb und grau.

«Ich weiß nicht, was Nicole dir versprochen hat. Wir haben nicht viel Platz. Wie du siehst.»

«Wir wollten reisen. Mit dem Auto durch Frankreich.»

«Ah!» Sie übersetzte das für Delphine, die ins Programm versunken blieb.

«Bist du mit dem Auto hier?», fragte sie.

«Mit dem Zug.»

«Nicole arbeitet», sagte sie. «Sie hat Schulden. Das Auto, das sie fährt, gehört ihrem Freund.»

Betti wusste nicht, wohin mit dem, was sie alles nicht sagen konnte. Dann sagte sie nur: «Ich würde mich gerne hinlegen. Mir steckt die Fahrt noch ganz schön in den Knochen.»

«Ich setze dich nicht vor die Tür, keine Angst. Du kannst bleiben, wenn du eine Freundin von Nicole bist.»

Betti nickte. «Kann ich noch duschen?»

Das Wasser wurde nur lauwarm, aber der Strahl war kräftig. Betti stand lange unter der Dusche. Sie weinte wieder, pisste dabei und musste kurz auflachen im umfassenden Fließen, für ein paar Sekunden in der Sonne ihrer lachhaften Situation. In einem Schränkchen fand sie, wie Simone gesagt hatte, ein Handtuch, aus blauem, früher mal dickem Frottee. Betti erschrak über die aufgestickten Initialen: S.N. Es war Simones Handtuch. Auf dem Weg zu ihrem Schlafsessel war nur noch Delphine im Raum. Betti sagte: «Bonne nuit.»

«Gute Nacht», antwortete Delphine.

Nicole würde erst spät nach Hause kommen, wenn überhaupt, hatte Simone angekündigt. Ihre Schicht ginge bis halb elf, meistens bliebe sie aber bei Roland. Es wäre an der Zeit, dass Nicole ausziehe, sagte sie. Delphine sei zu alt, um sich ein Zimmer mit ihrer Mutter zu teilen.

Im rosa Zimmer putzte Betti sich die Zähne wie gestern und spuckte hinab auf den Parkplatz. Dann sah sie sich um. Die Krokodile mochte sie nicht anfassen. Sie stellte sich vor, dass sie eines im Arm wiegte und die Fette im selben Moment das Zimmer beträte. Es gab einen Schrank, den sie bisher übersehen hatte, rosa tapeziert wie die Wände. Er war so flach, dass es fast aussah, als steckte der Schlüssel in der Wand. Sie lauschte, von nebenan hörte man nichts außer dem Fernseher.

Sie schloss auf. Er war von oben bis unten mit Kleidung vollgestopft. Ein angenehmer Duft. Sie zog ein paar Stücke heraus, riesige Boxershorts, ein zeltartiges, verwaschen pinkes T-Shirt mit dem schwarzgoldenen Schriftzug «Surf», ein dunkles Hemdkleid mit einem zähnefletschenden gelben Tiger. Einige Teile konnten der Fetten unmöglich passen oder zumindest schon sehr lange nicht mehr, wirkten aber neu. An einem weit ausgeschnittenen Lurexoberteil in glitzerndem Grau hing noch das Etikett. Das unterste Fach enthielt ausschließlich schwarze Leggings in kurioser Anzahl. Betti fasste dahinter und fühlte etwas Kastenartiges. Als sie einen Schuhkarton in Händen hielt, verrieten sein Gewicht und ein Klappern, dass er nicht ihre Briefe enthielt. Ihr wurde erst jetzt richtig bewusst, was sie suchte. Im Karton fand sie eine Digitaluhr, eine graue Feder wie von einer Taube, aber zu breit und lang, und unter weiteren Habseligkeiten einen großen Vibrator, pink spiegelnd, mit Netzteil. Ihr schoss das Blut in den Kopf. Sie verstaute die Schachtel wieder. Vergeblich schaute sie unter dem Bett nach, sah das Krokodil auf dem sauberen, dunklen PVC.

Über ihren Liegesessel weg trat sie auf die andere Zimmerseite ans Bücherregal, neben Bett, Tisch und Schrank das einzige Möbelstück. Bettseits war eine Lampe angeklemmt. Sie ließ ihre Finger über die Rücken streichen. Alle Titel, die September je erwähnt hatte, standen da. Viele hatte Betti selbst gelesen. «Als Hitler das rosa Kaninchen stahl». «Momo» und «Die unendliche Geschichte» von Michael Ende. «Die Brüder Löwenherz» von Astrid Lindgren, die sie September empfohlen hatte. Über «Alice im Wunderland» strich sie und über «Alice im Spiegelland». Den «Fänger im Roggen» hatte Betti damals, mit vierzehn, noch nicht ganz verstanden. So wie «fucking» nicht «verflixt», sondern «verfickt» heiße, schrieb September, hätte der idiotische, berühmte Heinrich Böll auch «Morons» mit «Idioten» völlig falsch übersetzt. Von da an hatte Betti alle Erwachsenen eine Zeitlang still (und ihren Bruder laut) «Moronen» geschimpft. Von den drei «Herr der Ringe»-Bänden hatte Betti nur den ersten geschafft. «Bonjour Tristesse» stand auch bei ihren Eltern. Über Max Frisch strich sie, sogar über Böll, dann John Irving, den sie und September bis zuletzt geliebt hatten. Manche Titel sagten Betti nichts. In der Hocke sah sie ihr E.T.A.-Hoffmann-Lesebuch und einen weiteren Hoffmann-Band. Sie zog ihn heraus, suchte den «Meister Floh» und fand ihn gleich. Auf der aufgeschlagenen Seite las sie vom Leben eines Mannes, der wegen eines falschen Glases Schnaps als Komet zum Himmel aufstieg und nach Jahren als Klümpchen Asche wieder zur Erde fiel.

Im untersten Regal, hinter einem Stapel Zeitschriften, entdeckte sie eine weiße Plastiktüte. Darin waren ihre Briefe. Innerlich jubelte sie einen Augenblick, als hätte sie den Beweis gefunden, dass es sie, Betti Lauban, überhaupt gab, fast wollte sie mit dem Briefwedel in die Wohnküche stürzen. Es waren vielleicht siebzig Briefe, etwa die Hälfte von ihr. Sie überflog die Absender. Niemand hatte vergleichbar oft geschrieben. Aber alle waren mit deutschen Marken an September Nowak adressiert. Was, wenn jetzt die Fette hereinkäme und sähe sie? Hastig sortierte Betti ihre Briefe heraus und legte nur die fremden zurück. Sie zerrte ihre Schmutzwäschetüte hervor, faltete das Plastik um den kleinen Stapel Umschläge und stopfte das raschelnde Kissen tief in ihren Rucksack. Dann löschte sie das Licht und schlüpfte unter ihr Laken. Kühlere Luft strömte durchs offene Fenster. Hell und gelb schienen ihr die Laternen ins Gesicht, und Güterzüge heulten. Nichts, was sie gestern gestört hatte. Die Wohnung war still, Betti wartete auf ihre Tränen.

Als sie plötzlich aufwachte, hörte sie die Fette über sich atmen. Nur ihre Füße konnte sie von unten sehen, sonst nichts. Betti lag da wie schockgefroren.

«September?», fragte sie.

Die Fette bewegte sich, ihr Laken rauschte. Sie atmete lauter, antwortete aber nicht.

«September?»

«Ja.»

Wieso sie sie September nannte und was sie fragen wollte, wusste Betti auf einmal nicht mehr. Sollte die Fette ihr etwa sagen, warum sie sie betrogen hatte? Hundertfünfzig Kilo Antwort schnauften über ihr. Die Fette schwieg. Betti hatte schon wieder in ihren Gedanken wie in schlechten Träumen gelegen, da begann sie. «Du bist naiv. Dass du wirklich kämest, habe ich nicht gedacht. Ich bin nur so zum Bahnhof gegangen. Als ich dich da sitzen sah, tatest du mir leid. Ich hatte schon so ein Gefühl, dass du es auf die Spitze treibst.»

Was immer sie erwartet hatte, das nicht. Betti brachte ihre Antwort nur flüsternd heraus: «Du hast mich eingeladen.»

«Du hast dich selbst eingeladen. Weil du alles geglaubt hast, alles einfach. Aber das gehörte zum Spiel. Das war Betti Lauban.»

«Ich bin Betti Lauban.»

«Tut mir leid.» Sie kicherte.

«Nein. Es tut mir wirklich leid. Dass du gekommen bist. Es muss schlimm für dich sein. Ich meine es ernst.»

«Du hast mich betrogen.» Betti konnte die beschissenen Tränen nicht aufhalten.

«Du mich nicht?»

«Nein.»

«Ich weiß. Ich habe dich ernst genommen, eigentlich»,

sagte sie. «Nur mich nicht. Und das funktioniert nicht. Ich hätte wissen können, dass du kommst. Ich konnte nicht aufhören vielleicht. Und mich nicht verraten. Uns.»

«Ich verstehe nicht.»

«Was willst du denn verstehen?»

«Weiß nicht. Ich möchte nicht heulen.»

«Wein doch, das macht mir nichts aus. Für mich ist es nicht schrecklich, dich zu sehen. Es ist schön eigentlich. Schrecklich ist es für dich. Witzig, wie klein du bist.»

Betti wollte außer sich sein. Aber jedes Wort, das sie herausbrächte, würde nicht wütend klingen, sondern nach Scham. Oder nach Scham über Scham. Ihr fiel ein: «Warum Nowak? ... Meine silberne September?»

«Nennt mich mein Vater immer.»

«Dein zweiter Brief.» Betti konnte plötzlich lauter sprechen, musste lächeln durch die Tränen. «Fuck you!»

«Nowak heißt in Polen ‹Neuer›. So heißen alle Polen.»

September atmete laut durch die Nase.

«Das ist nicht komisch.»

«Doch.»

«Du hast dir das aus dem Nichts ausgedacht?»

«Mein echter Vater kennt mich nicht. September wäre schön gewesen. Pardon.»

Sie warf ihr Laken von sich. Erst dachte Betti, sie hätte gefurzt, aber es roch nicht.

«Aber Jacek Nowak kenne ich länger als dich und deine Briefe. Er war der Freund meiner Mutter. Willst du die Geschichte hören?»

«Ja.»

«Er arbeitete in Monaco im Palais Armida, als er mit

meiner Mutter zusammen war. Jacek Nowak war in dem Building Concierge – das Armida war nobel damals – mit einer Wohnung im Erdgeschoss. Meine Mutter hatte ihn beim Putzen kennengelernt. In den Ferien brachte sie mich und Delphine manchmal zu ihm, wenn sie dort arbeitete, auch später noch. Jacek hatte Zeit. Er war schlecht rasiert, und im Unterhemd sah er aus wie ein Concierge aus dem Buch. Er sah gut aus, bevor er dick wurde. Er sprach nicht viel, er hat mit uns ferngesehen, hat uns in den Keller mitgenommen und in den Gängen geraucht, während wir Versteck spielten. Einmal kletterten wir auf die Feuerleiter, bis zum Ende. Delphine war sechs oder so. Ich ließ die beiden später manchmal allein und lief durch die Stadt. Für eine kurze Zeit wohnten wir alle in seiner kleinen Wohnung. Delphine und ich mussten mit dem Bus zur Schule fahren, aber ich ging oft nicht hin. In dieser Zeit hatte ich die Idee.

Jaceks Großeltern kamen aus Polen, von beiden Seiten. Seine Eltern waren zwar Franzosen, aber seine Mutter hatte schon vor der Hochzeit wie sein Vater geheißen: Nowak. Deshalb war in seiner Familie der Satz ‹Tous les Polonais s'appellent comme ça› – ‹so heißen alle Polen› – ein Wort mit Flügeln. Jacek hasste seinen Namen, weil ihm seine Eltern, glaubte er, den polnischen Vornamen als schlechten Scherz gegeben hatten. Einer von Jaceks Sprüchen war – er wollte uns Kinder damit beeindrucken, und mich beeindruckte er auch: ‹J'ai un nom à la con, mais une bonne adresse.› – ‹Ich habe einen Scheißnamen, aber eine gute Adresse.› Als wir nach ein paar Monaten zurückzogen nach Nizza, in diese Wohnung hier, fragte ich ihn, ob ich für unsere Briefe seine Adresse und seinen Namen benutzen könne. Es war ihm egal, er hauchte ‹Septembre› in den Zigarettenrauch, spöttisch. Ich sollte ihn nur nicht in die Patsche bringen.

Immer wenn wir dann bei ihm waren, nahm ich deine Briefe mit. Oder er steckte sie mir zu, wenn er meine Mutter besuchte. Als die beiden sich trennten, holte ich die Briefe bei Jacek ab. Wir unterhielten uns auch. Einmal wollte er wissen, was du schreibst, und ich übersetzte ihm den Brief, der gekommen war. Manchmal fragte er mich später: ‹Comment va Betti?› Ich antwortete dann: ‹Bien.›

Er kam immer mehr auf den Hund. Jacek trank zu viel. Schließlich musste er ins Krankenhaus, und ich hatte keinen Schlüssel für die Wohnung. So begann das Jahr ohne Briefe von dir. Als ich Jacek im Hospital besuchte, sprach er nur noch undeutlich. Er gab mir seinen Wohnungsschlüssel und einen Umschlag, auf dem stand: ‹Pour Septembre: À ouvrir après ma mort … Nach meinem Tod zu öffnen.› Ich musste weinen. Ich öffnete den Brief aber gleich im Bus. Noch ein Brief war darin, gefaltet und adressiert an eine Frau namens Édith, den Nachnamen habe ich vergessen, und ein Zettel, auf dem stand, dass seine Schwester mir helfe, wenn sie könne. Und: ‹Au revoir, Jacek.›. Tage später, als ich seinen Schlüssel benutzte, sah seine Nachbarin mich herauskommen und redete mich an. Sie sagte mir, dass Jacek gestorben war, und zeigte mir die Einladung zur Beerdigung.

Ich ging allein. Meine Mutter musste arbeiten. Wir waren nicht viele. Ich kannte keinen außer der Nachbarin. Wer ich war, wollte niemand wissen. Ich traute mich nicht, nach seiner Schwester zu fragen, aber ich schickte am gleichen Tag den Brief. Monatelang kam keine Antwort. Dann war Édith auf einmal in der Videothek, in der ich arbeitete damals. Sie war sehr knapp und unfreundlich in ihrem blauen Kostüm. Ob ich seine kleine Freundin gewesen sei, zischte sie. Es sei der letzte Wunsch ihres Bruders, leider. Sie wolle lieber gar nicht wissen, was das alles soll. Dann gab sie mir eine Karte vom Château Périgord. September Nowak könne unter dieser Adresse Post ... empfangen in Zukunft, sie bringe sie vorbei, gelegentlich.

Ich habe Édith nie wiedergesehen. Sie ließ mich nie länger als drei Tage warten, wenn du geschrieben hattest. Manchmal gab sie in der Videothek einen Umschlag mit meinem Namen darauf ab. Manchmal schickte sie ihn auch per Post ... Das ist die Geschichte meines Namens Nowak.»

Betti hatte nicht den Mut gehabt, sie zu unterbrechen.

«Ich habe auch polnische Vorfahren», sagte sie.

«Du hast es geschrieben.»

«Stimmt die Geschichte?»

«Welche?»

«Deine Geschichte. Ob sie wahr ist.»

Nicole wälzte sich auf die andere Seite, antwortete nicht. Sie fragte: «Was tust du jetzt?»

«Ist deine Geschichte wahr?»

«Ja», sagte sie.

Betti glaubte ihr nicht.

«Ja», sagte sie wieder.

«Ich glaub dir nicht.»

«Das kann man dir nicht übelnehmen.»

«Fick dich!»

Vielleicht erschrak September, denn Betti schrie plötzlich. «Kannst du dir vorstellen, wie es hier für mich ist?»

«Nein. Ja. Doch. Ich weiß es.»

Betti gingen wieder die Worte aus.

Bis auf eins: «Nicole.»

«Oui», antwortete September.

Es war still danach, bis sie und Betti sich hin und her wälzten, als suchten sie Schlaf.

«Gute Nacht», sagte Betti.

«Wir schreiben uns wieder in Zukunft.» Es war fast gefragt, kein Befehl.

«Nein.»

«Ich habe es geliebt.»

«Ich auch.»

«Was machst du jetzt?»

«Mal sehen.»

Betti war noch hellwach im ersten Morgenlicht, und vielleicht tat die Fette nur so, als schlafe sie, während Betti ihre Sachen packte und ging. Plötzlich hatte sie dagelegen mit allen Möglichkeiten, die ihr offenstanden. Sie machten ihr Angst, aber das war es auch, warum nicht in Frage kam, einfach wieder nach Hause zu fahren. Betti löste sich wie aus einer Klammer. Sie stand auf und sammelte still das wenige ein, das sie ausgepackt hatte. Sie hatte ein hellblau gekacheltes Ziel für halb zehn, mehr nicht, aber das reichte ihr, um nun einfach leise zu gehen. Sie zog Nicoles Tür zu, dann die Wohnungstür und ließ unten die Haustür hinter sich ins Schloss fallen.

# II

*6. November 1989*

Liebe Elisabeth,
vielen Dank für Deinen Brief. Ich möchte mehr Brieffreundinnen aus Deutschland haben. Zwei habe ich schon. Marion aus Frankfurt und Emmi aus einer Stadt mit dem drolligen Namen Petting. Wirklich wahr! Jetzt noch Dich. Denn ich will meine Vatersprache nicht verlernen. Deutsch ist deine Vatersprache, sagt Papa immer. Er hat mit mir Deutsch gesprochen, seit ich Baby bin. Er ist in Bonn geboren. Ich in Köln, doch als ich in der Grundschule war, sind wir umgezogen nach Monaco. Papa ist fast nie da. Mit meiner Mutter und meiner kleinen Schwester Delphine spreche ich Italienisch. In der Schule Französisch. Aber Deutsch mag ich am liebsten! Manchmal schickt mir mein Onkel Bücher. Er wohnt in Bielefeld, das ist nicht weit entfernt von Dir. In Histoire-Geo haben wir Warendorf im Atlas nachgesehen, als ich von Dir erzählte. Ich läse gerne mehr über Dich und Deine Familie. Vor allem über Dich! Streichel Hexchen von mir.

Deine September

Nowak, Palais Armida, 1 Boulevard de Suisse, 98000 Monaco

*24. November 1989*

Liebe Elisabeth,
ich habe Deinen Brief gleich aufgerissen. Mir geht es gut. Mein großes Hobby ist Schwimmen. Das ist gewöhnlich, denkst Du. Ja, ich kann von meinem Zimmer auf das Meer gucken! Auch jetzt vom Tisch auf der Terrasse. Meine Mutter denkt, ich mache gerade Hausaufgaben. Eigentlich meine Stiefmutter. Hier schwimmt niemand, ich meine als Sport. Nur ich trainiere. Manchmal im Sommer laufe ich über eine halbe Stunde bis zur ersten Bucht ohne Wächter, es ist gefährlich. Dann schwimme ich weit hinaus allein. Im zweiten Brief schon ein Geheimnis! Aber meistens gehe ich ins Stade nautique. Da ist es eigentlich toll, nur stört der Sprungturm am Ende vom olympischen Becken.

Tischtennis spiele ich nicht. Wir sagen Pingpong und ich kenne keinen, der das als Sport macht wie Du. Also haben wir etwas gemeinsam! Ich höre auf. Ich werde Dir noch viel über mich schreiben. Zum komischen Namen noch, weil Du fragtest. Meine silberne September nennt mich mein Vater immer. September ist ihm der liebste Monat. Nowak bedeutet «Neuer» in Polen, woher mein Ururgroßvater kam. So heißen alle Polen.

Bitte schreibe mir bald.

Deine September

Nowak, Palais Armida, 1 Boulevard de Suisse, 98000 Monaco

PS: Natürlich habe ich das mit der Grenze schon gehört. Wir gucken fast jeden Tag die Nachrichten jetzt.

*22. Dezember 1989*

Liebe Elisabeth,
wie geht es Dir? Mir geht es. Wenn mein Brief ein Geburtstagsgeschenk für Dich war, dann ist Deiner ein Weihnachtsgeschenk! Obwohl ich ihn schon gelesen habe. Hexchen ist süß. Aber schick mir kein Photo von Dir!!! Ich will das nicht. Besser wir stellen uns vor von Brief zu Brief und schreiben uns, wie wir aussehen. Ich habe rotblonde Haare bis zu den Schultern und Sommersprossen. Eine Zeitlang nannten meine Freundinnen mich Éphélide, so sagt der Arzt zur Sommersprosse. Wenn Du lernen willst: couvert de taches de rousseur = sommersprossig, befleckt mit Rot. Erste Lektion! Ich habe grüngraue Augen und bin einen Meter und 68 Zentimeter groß. Am liebsten trage ich Weiß, Espadrilles und Lee Jeans.

Kleine Elisabeth, also trennen uns elf Monate. Aber wir haben das gleiche Sternzeichen, Schütze! Glaubst Du daran? Zum Frühstück liest meine Stiefmutter mir und Delphine Horoskope vor, die stimmen nie!

Ja, wir haben auch blöde Lehrer. Aber nicht «grauenhaft», wie Du sagst. Vielleicht Madame Lutter in Mathematik. Wenn Du nicht verstehst, kommt sie und beugt sich über Dich mit einem Mund aus altem Rauch. Monsieur Lamy ist unser prof principal. Er ist sympathisch und schön, er sieht ein bisschen aus wie Joey von NKOTB. Wirklich! Meine Schule heißt Collège Bon Voyage. Ist das wieder komisch für Dich? Ich bin gut in Mathematik, auch wenn ich nie frage. Religion gibt es nicht. Neu ist Deutsch, aber es ist langweilig für mich, und ich darf die Sprache bald wechseln.

Ich habe viele Freundinnen. Aber meine beste Freundin ist nicht auf der Schule. Sie heißt Danielle, ich kenne sie vom klassischen Tanz, davon habe ich Dir noch gar nicht geschrieben. Wir sehen uns fast jeden Tag, bei ihr oder wenn wir nach der Tanzklasse noch an den Strand gehen.

Meine Stiefmutter ruft gerade, daß es in Arvieux geschneit hat. Dort haben wir ein Haus, wo wir immer die Weihnachtstage verbringen. Hier scheint die Sonne noch warm, und ich sitze im Pullover am geklappten Fenster. Und so wünsche ich mir und Dir frohe Weihnachten und daß wir alles bekommen, was wir uns wünschen.

Deine September

Nowak, Palais Armida, 1 Boulevard de Suisse, 98000 Monaco

*7. Juli 1990*

Liebe Betti,
das erste Mal schreibe ich Betti! Liegt gut in der Hand, finde ich. Die Vorschläge Deiner Freundinnen waren grauenhaft! Liz. Libby. Am genierendsten fand ich Sabeth. Aus meinem eigenen Namen läßt sich kein Spitzname machen, ich weiß. Übrigens heißt meine Schwester nicht so ungewöhnlich, wie Du denkst. An der Schule kenne ich drei Delphines außer ihr. Jedenfalls paßt zu Dir etwas Schlichtes und Schönes am besten. Betti aus Warendorf.

Wir sind auf dem Weg nach Lipari. Ich schreibe Dir vom Boot auf dem Meer, und alles schaukelt. Siehst Du meine Schrift? Unser Boot heißt September. Nein, nicht wahr! Papa hat lieber den alten Namen gelassen: Kismet. Denn Boote gehen unter, sagt er. Auf Lipari war ich noch nie. In die Sommerferien geht meine Familie immer drei Wochen, meistens auf der Kismet. Mit Papa harpuniere ich, und abends machen wir Feuer in den Buchten. Oder wir essen auf dem Boot, oft mit Gästen, wenn Josef kocht. Ein Koch aus Österreich. Papa ruft mich. Bis später.

*11. Juli 1990*

Betti, das hat gedauert. Tage lag ich in der Hängematte mit Der Fänger im Roggen (von meinem Onkel) und habe selbst nichts erlebt und nichts zu berichten. Das Buch ist sehr witzig und traurig. Ich werde es auch noch auf Englisch lesen. Aber jetzt habe ich Dir etwas zu erzählen, denn wir waren auf Stromboli! Das ist ein Vulkan auf einer Insel. Wir dachten im Hafen erst, daß wir ihn lieber nicht besteigen, beim Frühstück waren zu viele Wolken am Gipfel. Doch dann kam schon der Führer den Steg entlang, rufend, daß wir uns beeilen sollten. Nur ich und Papa gingen. Der Aufstieg mit Eseln war toll. Oben hatte ich zuerst Angst vor der Lava. Man sah schon von weit, wie sie in den Himmel spritzte. Der Boden wurde immer heißer. Wir kamen zum Lavastrom. Ich ging weit vor! Dann holte der Führer aus dem Rucksack eine Pfanne mit langem Stiel. Er tauchte sie ein und goß uns einen Aschenbecher aus Lava! Man konnte ihn lange nicht anfassen. Aber das Tollste waren beim Abstieg die meterlangen Schritte, wenn man durch die Asche bergab rutschte. Kennst Du Däumlings Siebenmeilenstiefel?

Wohin gehst Du in Ferien, Betti? Heute langweilige ich mich. Wir liegen vor Salina. Ich gebe diesen Brief erst zu Hause in den Postkasten, dann ist er schneller. Schreibe mir, Betti!

Deine September
Nowak, Kismet, Isola Salina

PS: Das Fußballfinale haben Papa und ich im Radio gehört und an Dich gedacht. Er hat aus Freude eine Leuchtkugel abgeschossen.

*4. April 1991*

Liebe Betti,
Dein letzter Brief war so spannend. Gerne wüßte ich, wie es weitergegangen ist mit Dir und Deinem neuen Großcousin. Schreibe es mir bald! Ich habe mich auch ein bißchen in ihn verliebt. Nein, nicht wahr! Aber Dein Birger ist süß. Seine DDR-Postkarte war ironisch zu hundert Prozent! Aber die Einladung doch nicht! Das mit der Schneekugel finde ich so romantisch. Kannst Du ihn wirklich nicht in Müllrose (komischer Name!) besuchen? Er ist doch jetzt Teil der Familie. Wenn sich die Ost-Laubans die Verwandtschaft mit Euch nicht nur erfunden haben.

Hier passiert gar nichts. Regen und Schule. Mit Danielle habe ich mich gestritten. Ich erkläre nicht warum, sonst komme ich mir und Dir nur verrückt vor. Ich und Pierre? Ich weiß es nicht. Ich liebe ihn, aber vielleicht war die letzte Zeit zu urst (wie Birger sagte). Wir ahnen beide nämlich, so glücklich kann es nicht weitergehen. Ich schreibe jetzt nicht, was wir probiert haben, für den Fall, daß Deine Mutter wieder liest. Guten Morgen, Maman! Unser März war heiß wie der Sommer und Danielles Geburtstag war der absolute Flash (wie Du sagtest vielleicht). Sie ist jetzt sechzehn Jahre. Die fête war im Garten und es spielte die Band von Christian, die heißen Les Méduses und sind toll. Als die Sonne unterging, raste Danielles Bruder auf ihrem Geschenk den Kies hinauf! Eine alte, goldene Lambretta! Danielle hätte lieber einen neuen Scooter gehabt. Wir haben Probefahrten gemacht, und die Jungen rissen den halben Rasen auf. Danielles Eltern waren in Rom. Obwohl es kühl wurde in der Nacht, liefen wir alle noch mit einem CD-Leser und Champagner zum Meer. Wir hatten den ganzen Strand für uns, und Pierre hat zu einem Lied von der Band mit Socken am Schwanz eine Show gemacht. Später haben wir Nothing Compares 2 U auf Wiederholung gestellt und Slow getanzt. Ich hatte Sinead O'Connors Tränen im Video so billig gefunden, aber dann habe ich selbst geweint an Pierres Schulter. Am frühen Morgen hat er mich nach Hause gefahren, und meine Stiefmutter hat mich gehört und angezischt.

Schreibe mir bald, Betti aus Warendorf. Küsse Birger!

Deine September

Nowak, Palais Armida, 1 Boulevard de Suisse, 98000 Monaco

*März 1991*

Liebe Betti, ich bin böse gewesen. Wie oft hat sich Madame Bresobasova gerühmt, sie habe in London mit Audrey Hepburn geübt? Allein im Bureau entdeckte ich: Ihr Bild am Spiegel ist gar kein echtes Foto, sondern nur eine leere Postkarte. Da habe ich sie ihr einfach geraubt. Damit ich nicht überführt werde, schicke ich sie Dir! Madame Bresobasova ist eine alte Ziege, aber doch eine schreckliche Meisterin.

Schreibe mir!

Deine September

PS: Im Gegensatz zu Audrey Hepburn: Ich werde Ballerine!!!

*23. Dezember 1992*

Liebe Betti,
mit dem Koffer zwischen den Beinen schreibe ich Dir einen Weihnachtsbrief. Deine Postkarte ist heute angekommen. Sie hat mich sehr gefreut. Wann schaffe ich es nur, Dir früh genug zu schreiben? Wir fahren jetzt gleich nach Arvieux. Morgen kommt Papa. Auf ihn und den Schnee freue ich mich am meisten. Ohne ist es nicht auszuhalten! Meine drei Omas kommen und mein falscher Opa. Dann sitzen alle vor dem Kamin. In der Weihnacht darf das älteste Mädchen (ich!!!) den Bûche de Noël anzünden, den Weihnachtsholzscheit, sagt man so? Danach gibt es das Essen, und es endet, wie ich es liebe, mit den dreizehn Desserts. Das sind Jesus und die Jünger als Süßigkeiten. Nüsse und getrocknete Früchte werden dabei mendiants = Bettler genannt. Tausendste Lektion.

Alle Nächte dort sind schön. Wir singen und reden, und immer brennt Feuer. Manchmal schläft die Familie schon, und ich wache fernsehend unter der Decke, bis der Kamin ausgeht. Wenn ich in der Dämmerung heimkomme vom Spaziergang, trete ich frierend vor dem Fenster auf der Stelle, um in das Licht zu blicken. Am Tag dösen alle oder lesen. Papa spielt Schach mit dem falschen Opa. Wir anderen Domino und Bridge. Niemand fährt Ski, es gibt keine Pisten. Als Kind fuhr ich Schlitten mit Francine, der Tochter des Nachbarn. In Arvieux ist nicht viel Verkehr. Trotzdem wurde Francine vor zwei Jahren von einem Lastwagen überfahren und ist gestorben.

Wie feierst Du, Betti? Ich wünsche Dir frohe Weihnachten von ganzem Herzen.

Deine September
Nowak, Palais Armida, 1 Boulevard de Suisse, 98000 Monaco

PS: Mein Onkel ist sicher nicht böse darüber, ich habe sein Paket schon vor dem Fest ausgepackt: Max Frisch. Den kenne ich nicht, aber er ist häßlich. Und youpi!!!: John Irving: Owen Meany. Übrigens, die Lieblingsfigur von meinem Onkel in Hotel New Hampshire war Franny und nicht unsere Susie, der Bär.

*14. März 1993*

Liebe Betti,
entschuldige meine Schrift, sie sieht so aus, wie ich mich fühle heute. Aufwachend taste ich nach dem Briefpapier wie meine Stiefmutter nach den Zigaretten. Dabei tut mir der Kopf weh und ich habe vergessen, die Vorhänge zuzuziehen, und aus Delphines Zimmer dröhnt die Madonna-CD, die ich so hasse. Aber ich weiß, ich wollte schon in meinem letzten Brief alles kaputt und allen die Gesichter einschlagen. Langweile ich Dich? Du mich auch (nicht!!!). Frag das nicht immer! Wann kommt endlich Deine Antwort? Hast Du im PS die Entschuldigung für meinen Anfall nicht angenommen? Ich will nicht, daß wir uns wieder mißverstehen.

Jedenfalls ist es höchste Zeit für in schlechter Schrift Schönes. Nämlich etwas, über das ich noch kein Wort verloren habe, die Schlacht der Blumen. Monsieur Prune, unser Gärtner, hatte mich gefragt, ob ich in Nice auf dem Wagen seines Chefs tanzen will! Daß ich mich gefreut hätte, wäre untertrieben. In die Schlacht der Blumen wünscht sich jedes Mädchen hier. Nur die hübschesten dürfen auf die Wagen. Sie rollen im Karneval am Meer entlang und werfen hunderttausend Blumen auf die Promenade des Anglais. Ich alleine habe so viele geworfen, glaube ich. Im weißen Margueritenkostüm. Julie, die Nichte des Chefs, die andere Marguerite, war sehr nett zu mir und erklärte mir alles. Sie überließ mir die Wagenseite, auf der seit Jahren immer sie tanzte, und Monsieur Prune schaufelte nun mir die Rosen und Mimosen aus seinem Versteck. Julie hatte wirklich nicht ihre Verwandtschaft auf den Wagen gebracht, sondern ihre Anmut. Einen Tag später wurde sie zur Karnevalskönigin gekrönt. In dieser Nacht sah ich sie lächeln unter den Lichterketten. Sie stand auf einem Riesenwagen vor ihrem fünf Meter hohen Ehemann, dem schwankenden Kartonkönig Triboulet. Und ich sah sie um ihn weinen, am vorletzten Abend, als er auf dem Strand verbrannt wurde.

An meinem großen Tag fuhr ich im Taxi in eine Industriezone, dort schmückte ich am frühen Morgen unseren Wagen in einer nach Blumen duftenden Halle, in der noch viele andere vorbereitet wurden. Dann zogen Julie und ich unsere Kostüme an in einem Büro und warteten ungeduldig, auch weil wir uns nicht setzen wollten in den schönen weißen Kleidern, aus Angst um die Blätter an unseren Hüften. Als der Chef kam, hängte er selbst den Wagen an sein Auto. Vorher küßte er mir und Julie die

Hand! Seine war rauh. Dann mußten wir uns doch in den Kostümen mit Monsieur Prune und dem anderen Helfer ins Auto pressen, fuhren zum Meer und fädelten uns in die Schlange. Endlich stiegen wir auf unseren Wagen, und es begann.

Vor mir gingen Männer auf Stöcken in Saurierkleidern, hinter mir zogen Windinstrumente. Musik aus Öltonnen und Tänzerinnen. Alle Menschen pfiffen und jubelten in ihren Sprachen. Überall standen still Polizisten in Paaren mit schwarzen Knüppeln und Pistolen. Ich warf Blumen um sie herum und hinweg. Ich wurde angesehen. Ich drehte mich, schoß die Konfettikanone. Als Pierre und meine Freunde mich an einer Ecke erwarteten, hatte ich sie längst vergessen. Oft schrie Monsieur Prune: beaucoup trop, beaucoup trop! Aber er lachte, es war ihm egal. Er umarmte mich, als es vorbei war. Schönes Kind. Betti, stelle Dir vor. Stelle Dir das vor, ich hätte Dich umarmt nach einer solchen Fahrt.

Deine September

Nowak, Palais Armida, 1 Boulevard de Suisse, 98000 Monaco

*4. Juli 1994*

Pardon, Betti!

Edel, daß Du überhaupt antwortest. Es stimmt, ich habe nicht gut erklärt, warum ich mich ein Jahr lang nicht gemeldet habe. Ja, ein Umzug ist kein Grund. Was soll ich schreiben? Wenn ich meine kleinen, schäbigen Gründe zusammenfege, wird nicht ein großer, glitzernder dar-

aus. Ich habe ernstlich von Deinen drei Briefen nur einen erhalten. Wenn sie nicht an Dich zurückgingen, sind sie verloren. Entschuldige mich! Es bedeutete mir viel, wenn wir uns wieder schrieben. Ich will meine schlechte Freundschaft nicht rechtfertigen.

Darf ich neu beginnen? Ich versuche es. Nie habe ich Dir mit Photos Deine Phantasien korrigiert. Du dachtest so süß, ich wohnte in einem Palais. Jetzt weißt du, auch meine neue Adresse ist kein Schloß, sondern ein Building. Wir leben auf dem Dach mit Garten. Ich habe Château Périgord für Dich photographiert.

Wie viele Stockwerke man fiele? Dreißig! Aber habe keine Angst. Schreibe mir, Betti. Vielleicht kannst Du mich eines Tages hier besuchen.

Deine September

Nowak, Château Périgord I, Lacets Saint-Léon,
98000 Monaco

*31. Mai 1995*

Liebe Betti,

ich will nicht telefonieren. Es wäre leicht natürlich! Aber die Tradition aufgeben? Wir schreiben uns, solange es geht. Und im Juli am Gleis, wartend (ohne Foto!) auf Deinen verspäteten Zug, wäre eine Stunde oder ein Tag auch nicht mehr viel nach all den Jahren.

Ich träume manchmal wie Du davon, dass wir uns lieber in Paris sehen sollten. Seit Monaten kenne ich ja dort nur die Langweiligen von Nanterre. Auf einer Party habe ich aber jetzt neue Leute kennengelernt. Ein Salim und ein Daniel haben mich angemacht. Sie liebten bestimmt auch Dich, Betti. Stell Dir vor: Wenn sie uns am Ende der Nacht einlüden, drückten wir uns alle erschöpft in meinem Mini zusammen. Mit völlig neuer Musik führen wir weite Umwege über die Boulevards, aber wenn die Sonne die Dächer anzündete, würfen wir sie plötzlich raus, irgendwo, nur damit wir beide in meinen Fenstern Kaffee trinken. Was erzählten wir uns alles? Bis ich sitzend einschliefe, mit der Tasse in der Hand.

Betti, mich macht die Tanzschule müde, und nachts bin ich einsam in Wahrheit. Ich weiß, daß man sich an die Schmerzen gewöhnt. So fröhlich, wie ich Dir vor Monaten die Aufnahme an der besten Tanzakademie der ganzen Welt in den Brief geschrien habe, so trist steige ich jetzt Tag für Tag aus der Métro von Nanterre in meine Wohnung. Immer tanze ich gegen mein Côte-Azur-Niveau, das ich und alle überschätzt haben. Deshalb bin ich an den Wochenenden so oft dort und sehe von oben auf die Häuser und das Meer. Dann pendele ich zwischen «Schloß» und Strand. Wie jetzt mit Deinem alten E.T.A. Wir könnten zusammen reisen, ja. Wie geschrieben! Aber wenn, Betti, dann treffen wir uns hier, wo die Briefkästen blau sind. Was sollte Dich überraschen? Du kennst alles. Habe ich nicht Dir jede Distel beschrieben?

Deine September

Nowak, Château Périgord I, Lacets Saint-Léon,
98000 Monaco

# III

«Bonjour», sagte ein Arbeiter, auf seinem T-Shirt grüßte noch immer munter schmutzig ein schon ins Schemenhafte ausgewaschenes Michelin-Männchen.

«Bonjour», dachte Betti.

Obwohl es gerade erst Tag wurde, schwitzte sie schon zwischen ihren Rucksäcken. Wieder waren Hunde im Flussbett, wieder warfen ihre Besitzer Stöckchen. Auf der Brücke bildete sie sich ein, die Oiseau noch in den spärlichen Abgasen zu riechen.

An der Haltestelle wartete eine bunte Traube. Männer in Schwarzweiß mit Kurzarmhemden oder im Blaumann. Frauen in Kitteln und in Kostümen, viele mit dunklen, andere mit buntleuchtenden Kopftüchern, zwei von Kopf bis Fuß pfefferminzgrün verschleiert. Betti blieb abseits. Es gab hier sonst keine Touristen.

Zum ersten Mal hatte sie die Heulerei einigermaßen im Griff. Auch im Expressbus hielt man sie anscheinend nur für ein Mädchen mit Sommergrippe. Wieder am Fenster sitzend, sah sie in Richtung Monaco nichts Postkartentaugliches. Gärten, Brachen, Schilder. Die aufgemalte Ordnung eines riesigen, leeren Parkplatzes durchkreuzt von einem Lieferwagen. Den Schriftzug «Mr. Bricolage». Frische Trauben von Arbeitern und Angestellten. Immer höhere Wohn- und flachere Kaufhäuser. Die Autobahn zog vorbei an in den Hügeln versteckten Villen, auf ins Tal gehauenen Pfeilern, unten verzweifelt mit Farbspray verziert.

Kurz vor der Auffahrt setzte sich eine Frau zu Betti, die an Simone erinnerte. Sie hatte ohne Lächeln um den Platz gebeten, auf dem Bettis Rucksack stand. Betti nahm ihn auf die Knie und war zu feige, den Kopf wieder in ihre Richtung zu drehen. Gemeinsam schauten sie geradeaus, die Hälfte der Passagiere stand inzwischen, und alle Fensterschlitze waren offen. Es war vielleicht der Bus, den auch Simone immer zur Arbeit nahm. Vor dem Tunnel schließlich, hinter dem Monacos Yachthafen lag, rückte die Frau intuitiv ihre Knie in den Gang und machte sich klein, noch bevor Betti «Pardon» murmeln konnte. Also sagte sie nichts, als sie sich mit ihrem Gepäckbauch vorbeizwängte, oder nur so leise, dass diese Simone es bestimmt nicht hören konnte: «Adieu.»

Die erste Stunde Wartezeit schlug sie in der Shangri-La-Snack-Bar tot und mit der Auswahl einer Ansichtskarte, die zweite auf der Treppe vor dem Stade Nautique. Zwar hatte sie dort schon wieder Halsschmerzen vom Tränenwürgen, aber auch einen guten Blick auf die Vorbereitungen der Bademeister. Einer hob jede der langen Matten am Beckenrand an und warf einen Blick darunter. Falls er etwas suchte, fand er es nicht. Der zweite zog den schweren Aufsichtshochsitz auf die andere Beckenseite. Auf den letzten Metern kam ihm der erste zu Hilfe. Dann rauchten sie mit nacktem Oberkörper eine Zigarette unter dem Sprungturm. Den einen verdeckte ein Pfeiler, und Betti sah nur den zweiten, hübscheren. Zum Schluss cremte sich jeder ein, nur flüchtig, im Gehen. Die rote Flasche flog zwischen ihnen hin und her, und plötzlich taten sie, als wäre sie heiß. Der eine sprintete los, und der Hübschere holte weit aus, warf sie in hohem Bogen ans Ende des Beckens, und fast wäre sein Kollege auch schon dort gewesen und hätte sie erwischt. Aber da ruderte er plötzlich mit den Armen, fiel fast hinein und machte endlich einen Schritt zurück und eine große Geste in Richtung des Hübscheren, der mit Anlauf ins Wasser sprang, die halbe Bahn kraulte, sich die Sonnenmilch fischte und sie dann, während der letzten Schritte durch den Nichtschwimmer, wie eine empfindliche Trophäe über dem Kopf trug. Es war halb zehn.

Keiner von beiden saß um zehn an der Kasse. Betti musste an einem Automaten bezahlen. Ihr Gepäck nahm sie mit in die Umkleide, und in der Kabine weinte sie sich ein letztes Mal aus, mit der linken Hand einen Netzbügel umklammernd. Danach gelang es ihr, unter der Sonnenbrille halbwegs in Würde, die Rucksäcke in zwei Spinde zu stopfen. Auf dem Weg durch die Sonne in den Schatten des Sprungturms, von einer hellblauen Rillenmatte zur nächsten, trug sie trotz der Hitze ihren Bademantel. Sie konnte sitzen und sich umsehen, noch nicht lesen, aber doch in den Meister Floh schauen, und musste nicht wie gestern bis zur Erschöpfung Bahnen ziehen, um heimlich schluchzen zu dürfen.

Ihren Eltern schrieb sie nur wenige Zeilen auf die Ansichtskarte. «Liebe Mama, lieber Papa, wie geht es euch? Mir geht es gut ...» Zwar nicht witzig, aber ironisch konnte sie sein. Sie würden es sowieso nicht verstehen. Auf den Meereshorizont der Vorderseite kritzelte sie einen Wolkenkratzer mit Antenne, die schräg Kulistriche an den Rand sendete. Oder von dort empfing. Hätte sie wer angesprochen, hätte sie keinen Ton rausbekommen.

«Darf ich?», fragte jemand. Als Betti aufsah, ließ die Frau von gestern ein aufgerolltes Handtuch auseinanderfallen. Betti gelang ein Lächeln, die Augen hinter den dunklen Gläsern. Gestern hatte diese Frau auf Deutsch gefragt: «Möchtest du?», und ihr ein Eis hingehalten.

«Danke nein», hatte sie herausgebracht.

Plötzlich war sie aber doch aufgestanden und ihr am Beckenrand hinterhergerannt: «Hallo.» Die Frau drehte sich um, und Betti sagte: «Ich möchte doch.»

«Nuss.» Ein Grinsen. «Ich heiße Ingrid.»

«Merci, wirklich. Ich muss zurück. Danke schön.»

Das Eis war gut.

Jetzt, einen Tag später, nickte Betti, und die Frau legte ein Handtuch neben ihres. «Wie heißt du?», fragte sie.

Betti sagte ihren Namen.

Eine Frau um die fünfzig, Sonnenhut, in einem engen, knallroten Adidas-Badeanzug, türkis der an den Fingern frische und an den Zehen abblätternde Lack. Sie legte sich auf den Bauch, beobachtete die Jungen und Mädchen, die kreischend vom Rand sprangen, von Startblöcken und vom Turm, und hörte Betti zu. Zwischendurch zog die Frau mit den Lippen eine Zigarette aus der Packung, die Kippen löschte sie in einem winzigen silbernen Aschenbecher, den sie dabeihatte.

Betti erzählte ihr alles. Ich meine, nicht sofort. Kurz besprachen sie, wie Betti ihr aufgefallen war, das übliche Woher und Wohin. Betti stockte, wich aus. Bald aber, sie staunte selbst darüber, erzählte sie ihr die ganze Geschichte von September Nowak.

Ingrid sagte nicht viel.

«Du kannst mit uns kommen. Ich bin mit meinem Sohn Anders unterwegs. Wir fahren erst mal die Küste entlang bis zur spanischen Grenze, dann sehen wir weiter.»

Betti fragte nach einer Zigarette, nahm die Sonnenbrille ab und spürte ihre Hand an den Lippen zittern, als Ingrid ihr Feuer gab. Der Rauch schmeckte nach Säure.

«Anders?»

«Er springt gerade.»

Sie zeigte auf den Dreier, und Betti sah Anders Anlauf nehmen und ohne zu federn springen. Sein Kopfsprung sah aus, als brannten ihm danach unter Wasser die Beine. Aber er stieg aus, als wäre nichts. Ingrid winkte. Er zog sich die nassen Shorts hoch, winkte zurück, und während seines nächsten Sprungs meinte sie: «Du bist nicht schuld.»

Dass Betti nicht verstehen wollte, stand ihr wohl ins Gesicht geschrieben.

«Daran, dass du von dem Dickie verarscht wurdest.»

«Ich denke … vor allem bin ich wütend.»

«Schön wär's.»

Dringend musste Betti abaschen, stand auf, bekam Rauch ins Auge. Sie hockte sich blinzelnd vor das winzige Gefäß, dessen Deckel Ingrid mit dem Fingernagel aufschnippte. Ihre Hand huschte über Bettis Fuß.

«Immerhin wolltest du abhauen. Also hau ab! Was hast

du hier verloren? Bist du reich? Und Anders und ich brauchen Gesellschaft.»

Ingid setzte sich auf, holte Mineralwasser aus ihrer Strohtasche, trank im Knien, war plötzlich nur noch zwei Handbreit entfernt. Betti sah Schweißperlen auf ihrer Stirn, unter langen, unechten Locken, mit einem Stich ins Dunkelrote. Ingrid erwiderte Bettis Blick über einem salzigen Grinsen, bis die wegsah. Sie roch nach nichts oder genau wie Betti.

«Dass Nowak ‹Neuer› bedeutet, wusste ich gar nicht ... Ich heiße zufällig selber so.» Und als müsste sie sich ihres Vornamens erst erinnern: «Nowak – Ingrid.»

«Was? Das ist jetzt ein Witz.»

Aber Betti glaubte ihr.

«Oh», Ingrid legte eine kühle Hand auf ihren Fuß, «dir entgleisen die Gesichtszüge. Du bist süß. Entschuldigung.»

Betti holte Luft.

«Nein, in Wahrheit heiße ich nicht so gut. Heistermann ... und du?»

«Lauban.»

Wenig später stand Betti auf dem Startblock, und ein kleiner Junge zupfte ihr am Badeanzug, weil sie ihn schon so lange blockierte. Betti sprang und schwamm, so schnell es die Planschgäste zuließen, bis die Anstrengung endlich halbwegs im Einklang war mit ihrem Herzklopfen. In Gedanken wie Chlorwasser zog sie hin und her, hin und zurück, wich aus, bis man ihr auswich und September Nowak, September Nowak, September Nowak nicht mehr ein Schicksal war, sondern ein Name nur, zwei schöne

Worte, deren Rhythmus sie schneller werden ließ als alle anderen.

«Na?», fragte Ingrid schon, als Betti sich noch das Haar abtrocknete. «Wie ist es?»

Später wartete sie mit Anders vor dem Ausgang. Betti zögerte vor dem richtigen Moment für den Schritt ins Drehkreuz. Ingrid angelehnt ans Gitter. Ihr Rücken, ihr gelbes Kleid zwischen den Stäben, die Haut im Nacken rot trotz Hut. Sie hatten sich vorhin noch getroffen, barfuß, trippelnd wie Marionetten durchs verpisste Damenklo. Anders kickte eine Dose gegen einen leeren Fahrradständer. Betti tat den Schritt, drängte sich mit den Rucksäcken in das Kreuz. Auf der anderen Seite griff Anders gleich nach ihrem Gepäck, bekam einen Rucksackgurt zu fassen.

«Hi», sagte er.

«Los», rief Ingrid.

Betti hat es seither immer geliebt, einfach mitgenommen zu werden. Anders steuerte das Wohnmobil die Autobahn in Richtung Marseille. Sie und seine Mutter saßen sich hinten gegenüber, Betti angeschnallt auf der Schlafbank. Ingrid stickte. Eine Handarbeit, die Betti noch nie gesehen hatte. Vogelmotive. «Für Anders' Aussteuerkiste», sagte Ingrid. Der kannte den Witz offenbar und reagierte nicht. Sein Ellenbogen hing aus dem offenen Fenster. Später las Ingrid ein französisches Magazin, zeigte Betti ein Bild von John Travolta als Flugkapitän, machte Notizen in ein schwarzes Schreibheft und erzählte, was sie alles sehen wolle in Marseille, wo sie zuletzt vor dreiundzwanzig Jahren gewesen sei, mit Anders im Bauch, kurz vor der endgültigen Trennung von seinem Vater.

«Der Mann hat mir dort an einem Tisch am Straßenrand die Bouillabaisse versaut», seufzte sie. «Für immer ungegessen unter einem Himmel wie diesem.» Sie zeigte hinaus. «Es wäre bestimmt die beste Suppe meines Lebens gewesen.»

Von Betti fiel alles ab. Sie blickte durch das Panoramafenster auf das Autobahngebüsch, auf Planen von Lkws unterwegs nach Südwesten, Zaragoza, Tarifa, auf Fernfahrerarme, kahle Hänge im Abendlicht, kleine Wolken, weißgrau bis orange. Anders schob eine CD ein.

«Gefällt dir das?», brüllte er nach hinten, seine ersten zusammenhängenden Worte an Betti. Seine Stimme war schrill. Im Schwimmbad hatte er ihr nur irgendwann nass und wortlos die Hand geschüttelt. Dann war er wieder gegangen, sein Handtuch lag woanders.

«Ja!», schrie sie zurück, mit weit aufgerissenen Augen, nickend. Die Musik schepperte. Er rief den Namen der Band. Sie verstand ihn nicht. Anders rockte zum Gitarrensolo, plötzlich war das Lied aus. Betti rauchte wieder, glücklich im Vergleich, glückselig. Ihr war schwindelig.

Ingrid hatte ein Hotelzimmer gebucht. Sie sprach von der «Wohnmaschine». Das sagte Betti nichts. Sie parkten im Licht einer Bauleuchte zwischen den wuchtigen Betonstelzen eines Hochhauses. In der Eingangshalle sprach Ingrid einen Pförtner an. Er schickte sie zur Anmeldung in den vierten Stock, danach half Betti den beiden, das Gepäck vom Auto in ihr Zimmer im achten zu tragen.

Betti hatte das dreckige Grau des Schulzentrums oder Rathauses ihrer Kreisstadt immer grässlich gefunden. An diesem Abend ging sie durch Sichtbeton in Südfrankreich. Durch lange Flure mit niedrigen Decken, die wie unter Wasser leuchteten, blau und grün schimmerte es hinter großen schwarzen Kästen neben Türen aus dunklem Holz. Treppen führten in andere, hohe Gänge mit Glaswänden zu der Straße, die sie gekommen waren. In der verschwimmenden Ferne die ersten, einzelnen Lichter noch viel höherer Hochhäuser. Alle paar Meter Bodenlampen wie Trockenhauben für Riesinnen. Als Betti den grauschwarzen Boden berührte, war er kühl, aber sie konnte nicht fühlen, ob aus Stein oder Plastik. Sie gingen auf eine signalrote Wand zu.

Ein fremder, ewiger Chic herrschte hier, der in Bettis Kaff nie Einzug gehalten hatte, außer in ein paar Lehrerwohnungen vielleicht. Ihre Oma immerhin besaß ein grün schimmerndes Sofa mit Lehnen aus Palisander. Sie war niemals Gast eines Hotels gewesen.

Als Anders das Zimmer aufschloss, leuchteten die Wolken draußen rosa. Ein fulminanter Himmel zwischen Abend und Nacht hing über dem Balkon, man ahnte das Meer. Im flurlangen Studio standen zwei Kingsize-Betten. Ingrid hatte sie gefragt, ob ihr Geld reiche für ein Hotelzimmer. Es reichte nicht, fand Betti. Ohnehin war das Hotel ausgebucht.

Ingrid warf ihr Gepäck auf die goldene Decke des ersten schwarzen Betts. Anders brauchte eine Zeit, bis er die Mechanik beherrschte, mit der sich die ganze Fensterfront zur Seite klappen ließ. Sie stiegen über eine hölzerne Schwelle auf den Balkon und sahen Marseille in der Dämmerung funkeln. Betti drehte sich um und blickte ins Zimmer, mit dem gleichen Neid wie früher auf die Anmut der Ordnung von Tintenkiller, Füller, Textmarker ihrer Schulfreundin Johanna. Sie hätte ihren Doppeldecker wegwerfen, sich ein Etui wie das von Johanna kaufen können. Aber sie wusste, es war keine Frage des Geldes. Oder doch so sehr, dass sie nicht mit Taschengeld zu beantworten war. Später trug Johanna eine schlichte Uhr, aus der Schweiz von Tissot. «Seastar» stand auf dem Zifferblatt. Ein Erbstück, hatte Johanna gesagt.

Ingrid fragte: «Zeigst du der Dame, wie man mit Detlef zurechtkommt, Andersson?»

Detlef nannte sie das Wohnmobil. Betti durfte darin übernachten. Ingrid stieß ihre Taschen vom Bett, warf sich längs darauf. «Wo wird man geboren, wo endet das Sein, wo geht man schwer raus, aber leicht wieder rein?» Sie gähnte.

Als wäre Anders völlig allein im Zimmer, klappte er seinen akkurat gepackten Koffer auf, in dem jede Lasche bestückt war. Den Kulturbeutel unterm Arm, ein Geschäftsmann mit Baseballkappe, ging er ins Bad und klapperte mit der Zahnbürste.

«Vielleicht kannst du ja noch irgendwo was zu essen auftreiben?», rief Ingrid in den Raum. «Mich kriegen hier heute keine zehn Pferde mehr raus … Wir brauchen Mineralwasser! Oder meint ihr, man kann dem Leitungswasser trauen?»

«Jetzt», sie mussten die vierspurige Straße überqueren, «Gazeuse ist mit Kohlensäure.» Anders sprach kaum das Nötigste, als er mit Betti einkaufen ging. Sie hätte sich wohl denken können, dass das Leben neben seiner Mutter ihn schweigsam machte, wenn es sie interessiert hätte. Ein winziger Orientdiscount strahlte sein Gemüse in die Nacht, und sie schleppte ihr schweres Wasserbündel durch Regale voll rätselhafter Konserven in geheimnislosem Licht. Es lief Schlangenbeschwörermusik, doch sie versuchte sich auf die Francs zu konzentrieren, die sie dem ihre klimatisierten Brüste musternden Besitzer in die Hand zählte. Dann zockelte sie Anders und seinen Plastiktüten hinterher, vorbei an blühenden Pflanzen am Straßenrand. Ihr Lilienduft mischte sich mit den Abgasen. Betti stank nach Schweiß und war frei. Es war, wie ihr Vater immer sagte: «Alles steht dir noch bevor!» Nein, er sagte immer: «Alles, alles steht dir noch bevor.» Ja: Alles, alles, alles, alles, alles, alles, alles. Aber wie gut oder wie schlimm ihr Vater sich das auch ausmalte. Es war schlimmer. Und das gefiel ihr.

Anders fuhr das Wohnmobil von der Bucht unter den Stelzen auf die Dauerparkplätze und zeigte ihr die Klappfunktion der Bank. Als sie ihren Schlafsack aus der Hülle zog, flog die Tür ins Schloss, und sie sah ihn mit seinem und Ingrids Proviant gehen.

Jetzt allein, stieg sie auf den Fahrersitz und sah hinaus. Die Nacht blieb heiß. Von keinem Wind bewegte Laternen hingen an Drahtseilen und tauchten Büsche, Autos und Asphalt in gelbes Licht. Ab und zu parkte jemand ein. Eine Familie im Kombi. Der Vater trug ein schlafendes Mädchen Richtung Eingang, ein Junge an der Hand seiner Mutter schleifte eine Tüte hinter sich her.

Detlefs Schlüssel steckte. Betti drehte ihn um. Den Führerschein hatte sie seit sechs Wochen. Zweimal würgte sie den Motor ab. Dann setzte sie, Kopf aus dem Fenster – startend, abwürgend, neu startend – langsam zurück. Schließlich legte sie den ersten Gang ein, der Bus ruckelte. Sie wollte nirgendwo hin. Gern hätte sie Musik gehört, aber ihre Hände klebten an Lenkrad und Schaltung. In der Parkplatzausfahrt durfte sie nur nach rechts abbiegen, stadtauswärts. Parallel zur Hauptstraße folgte sie einer schmalen Spur, die ihr vorkam wie ein Radweg. An der ersten Ampel, unter lautem Hupen, als sie den Wagen wieder abgewürgt und neu gestartet hatte, fuhr sie nach links im weiten Bogen auf den Boulevard. Betti spürte den Fahrtwind. Im dichten Verkehr war sie bald ohne Orientierung. Doch sie sah alles.

Eine große Fontäne mitten in einem Kreisverkehr, den sie zweimal fuhr. Ein anderes, neonblaues Wasserspiel längs eines Palastes auf der rechten Straßenseite, das sie wie eine Welle begleitete und hinter ihr in sich zusammenfiel. Dann wurde die Straße einspurig und immer enger, ging steil bergauf. Überall stand jetzt «Passage interdit». Als sie trotzdem abbiegen wollte, aus Angst, irgendwo anhalten und mit angezogener Handbremse wieder anfahren zu müssen, versperrten silberrote Balken die Straße. Nur geradeaus hatte sie Glück. Nach einer grünen Ampel fand sie zurück auf einen Boulevard. Doch der führte direkt auf das aufgesperrte Maul einer Kathedrale zu und riss sie erst Meter davor in eine scharfe Linkskurve. Endlich wurde die Straße zur Autobahn und taghell. Mehr, als dass Betti selbst beschlossen hätte umzukehren, steuerten sie nun ihre Arme und Beine zurück. Mitten in einem Autobahnkreuz sah sie einen schönen roten Fuchs im Gras.

Im Maul trug er ein Kaninchen. Während der Jagd hatte er sich plötzlich zwischen den Leitplanken, in lauter Auf- und Abfahrten, gefangen gefunden. Auch Betti verlor sich in diesen wie bei einem Telefonat ineinander gekritzelten Schleifen.

Zum Glück fuhr Detlef sie zurück nach Marseille, bis vor das Rot einer Ampel. Sie glaubte, kotzen zu müssen. Als sie den Kopf aus dem Fenster streckte, glitzerte der Hafen neben ihr. Vor den Stegen lagen Hunderte von Booten und kleinen Schiffen, vielleicht Tausende. Die Stadt umgab die Bucht wie ein leuchtender Kragen. Sie fuhr in der nächsten Biegung einfach gerade in eine breite Lücke und stieg aus.

Auf dem Weg über die Straße zum Wasser schrie ihr aus einem Auto voller Jungen einer etwas zu. Kann sein, dass sie ihm gefiel. Oder dass er sie beschimpfte. Unbehelligt kam Betti dann auf den Steg. Die Leute auf den Booten beschäftigten sich mit Tauen oder guckten auf Karten und Bücher unter Gaslampen. Keiner sagte etwas. Das Straßenlicht reichte nicht weit, sie versuchte auf dem dunklen Steg nicht zu stolpern. Als sie an dessen Ende auf feuchtem Holz saß, das zu schwanken schien, obschon sich nur das Wasser bewegte, spiegelte sich die Stadt so in der Bucht, als würde man diese Ansicht an jeder Ecke für ein paar Francs kaufen können. Betti war immer noch schlecht, aber nur, merkte sie, weil sie großen Hunger hatte.

Die Restaurants waren leer und hell, alle Bars dunkel und voll, man stand und trank auch auf den Bürgersteigen. Sie schlängelte sich hindurch. Jemand fasste sie an der

Schulter, fragte sie nach Zigaretten. Dann zog er einem Freund welche aus der Tasche, bot ihr eine an, verzog das Gesicht theatralisch traurig, als sie weiterging. Sie wechselte die Seite. Immer wieder stülpte sich Musik bis ans Wasser. Desto stiller schien die See. «Short dick man, don't want no short dick man!» Aus drei Autos binnen fünf Minuten.

Den Laden in einer Seitenstraße hielt sie für eine Dönerbude. Aber statt in Fladenbrötchen wurde dort alles in dünnen Teig eingerollt. Als sie in der Nähe einen ruhigen Platz auf einer kühlen Steintreppe gefunden hatte, an dem es nicht stank und der ihr gefiel, weil sie von dort aus den immer dichteren Strom der Ausgehwütigen überblicken konnte, schmeckte das Fleisch zugleich nach Zimt und dem Sauerbraten ihrer Mutter. Betti verschlang es und holte sich eine zweite Portion und danach noch ein Pistazieneis, mit dem sie sich, diesmal auf der «Short dick man»-Seite, zurückkämpfte.

Die Party wurde immer lauter. Am lautesten war es genau dort, wo sie geparkt hatte. Vor dem Wohnmobil bewegten sich Mädchen mit winzigen Handtäschchen zur Musik. Ihre Freunde lehnten rauchend mit Flaschen und Gläsern an der Motorhaube. Sie wartete, aber es hörte nicht auf. Als sie den Tanzbürgersteig überquerte und einfach in den Wagen stieg, sah nur einer zu ihr hinauf. Die anderen reagierten erst, als sie versuchte, den Motor anzulassen. Jetzt stießen sie sich ab und machten Gesten, wurden laut womöglich, aber Betti hörte nichts.

Wie macht ein Esel den Führerschein? I-A! Sie konnte aber weder durch den Innen- noch durch den Außenspiegel nach hinten sehen. Vor ihr bildeten die Jungen einen Halbkreis – egal. Sie sahen, wie Betti lautlos mit offenem Mund triumphierte, als ihr der Rückwärtsstart sofort gelang. Doch nach einem Meter war der Motor wieder aus. Nochmal. Irgendeine Warnlampe blinkte. Jemand klopfte an die Scheibe. Er meinte es wahrscheinlich freundlich. Sie aber drückte den Türknopf hinunter, winkte ab, schrie gegen die geschlossene Scheibe: «Non, merci, non!» Der Wagen sprang an. Soff wieder ab. Plötzlich schlingerte er. Als sie hinaussah, hatten die Jungen in die Radkästen und unter die Stoßstange gegriffen. Sie schaukelten den Wagen, wollten ihn auf die Straße hieven. Betti zündete erneut, gab Gas. Plötzlich waren die Vorderräder in der Luft. Sie hörte sie johlen. Der Wagen setzte wieder auf und sprang mit einem Ruck ein, zwei Meter zurück. Motor aus. Nun blockierte sie die Straße. Schon lange wurde gehupt. In beide Richtungen war Stau. I-A! Im Außenspiegel sah sie einen Mann im Polohemd schreiend aussteigen. Betti öffnete die Tür. Wortlos, schwarzhaarig wartete schon der Junge, der eben gelächelt hatte, stieg auf, sie rutschte rüber.

«À gauche? À droite?»

Sie zuckte mit den Schultern. Mit einem Blick erfasste er die Lage, zündete den Motor, rangierte umstandslos auf die rechte Spur. Sie wurden sofort mit einem Hupkonzert umfahren.

«Voilà!»

Er sagte etwas, das sie nicht verstand, wiederholte es. Das half nichts. Mit dem Finger tippte er sich auf die Wange. Sie dachte, er meinte ihren roten Kopf. Beim zweiten Mal kapierte sie. Zögernd beugte sie sich vor, berührte ihn schon fast, da drehte er ruckartig sein schockierend weiches Gesicht in ihren Mund, Lippen, Zunge. Ich glaube, Betti quiekte. Er lachte nur, sprang hinaus, schlug die Tür zu und ging, ohne sich umzudrehen. Rauch, Schnapsparfum, bittere Haut. Als sie endlich losfuhr, lief ihr niemand hinterher.

Je weniger das Fahren sie gefangen nahm, desto mehr wuchs ihre Sorge, nicht mehr zurückzufinden. Oft glaubte sie, in Straßen einzubiegen, die sie auch gekommen war, dann erschienen sie ihr nach wenigen Metern völlig fremd. Keine Ahnung, wie lang das dauerte, bis Betti endlich die Fontäne im Kreisverkehr erkannte. Dann folgte sie einem Boulevard, aber dem falschen, meinte sie bald wieder. An einer Bushaltestelle hielt ein junges Paar Händchen. Betti versuchte bei ihnen ihr Glück, obwohl sie den wahren Namen des Hotels gar nicht wusste. Von nahem sah sie, dass die Liebenden bereits Senioren waren. Nach einer «Machine d'habiter» fragte sie einfach, und die alte Dame strahlte. Die beiden schickten sie «tout droit, tout droit!» – «rechts ab» missverstand sie. Doch bevor sie wieder falsch abbiegen konnte, erkannte sie schon den dunklen Umriss ihres Ziels. Im ersten Gang stotternd, steuerte sie unter die hellen Stelzen und dann hinaus auf den dunklen Gästeparkplatz.

In der Parkbucht wartete Anders. Sie kam so schlecht hinein, wie sie rausgekommen war. Er lotste sie, riss plötzlich – sie wollte gerade zurücksetzen – die Fahrertür auf.

«Spinnst du? Rück rüber!» Anders fand den Winkel auf Anhieb, stand, Motor aus.

«Spinnst du?», fragte er noch einmal.

Sie wusste nicht, was sagen.

«Du spinnst», antwortete er sich selbst. «Ich komm zurück, der Wagen ist weg. Ich frage rum in meinem jämmerlichen Französisch. Keiner hat was gesehen, nicht den Bus, nicht dich. Ich dachte: Scheiße, jetzt musst du Ingrid wecken. Doch die kriegt kaum die Augen auf und meint bloß: Mach dir keine Sorgen, Andersson, die bleibt nicht weg. Ich wieder runter und auf die Straße und immer rum um diese Kackwohnmaschine. Ich dachte echt, du wärst abgehauen. Hättest den Wagen geklaut. Der ist geliehen! Was weiß ich denn von dir? Ingrid liest immer irgendwelche Freaks auf. Ich meine, sie hat mir nicht mal gesagt, wie du heißt.»

Was hatte Ingrid ihm erzählt? Warum hatte er nicht gefragt? Sie sagte ihm ihren Namen.

«Betti», wiederholte er. «Ich war runtergekommen, um noch ein Bier zu trinken. Gib mal.»

Er deutete auf seine Umhängetasche, die er ihr beim Einsteigen auf den Schoß geworfen hatte. Erst jetzt bemerkte sie deren Gewicht.

«Danke für den Schreck», sagte Anders, öffnete eine Dose und hielt ihr schon die nächste zum Anstoßen hin: «Die haben einen Automaten im Foyer.»

Sie entschuldigte sich. Zum zweiten Mal in dieser Nacht war ihr die Röte ins Gesicht gestiegen. Zumindest hatte es sich so angefühlt. Sie nahm einen Schluck. Im ersten Kreisverkehr, behauptete sie, hätte sie es bereits bereut.

«Hast du es Ingrid wirklich gesagt?»

«Bin gespannt, ob sie sich morgen dran erinnert. Sie nimmt Tabletten.»

Sie tranken ein zweites, drittes Bier. Anders sagte, er habe tagelang nicht mit Ingrid geredet. Der Urlaub sei nicht seine Idee gewesen. Später legte er wieder die Musik vom Nachmittag ein, nahm die Baseballkappe ab und klemmte sie ins Lenkrad. Es war weit nach Mitternacht, die Hitze hing immer noch zwischen den Häusern. Anders' Haare standen zu Berge, und er rieb sich die Augen. Mit Anfang zwanzig Geheimratsecken. Er studierte irgendetwas auf Lehramt in Berlin.

«Vor Weihnachten ist mein Bruder da hingezogen. Ostern hab ich ihn besucht», meinte Betti.

Anders fing an von illegalen Clubs mit zu Fischmäulern geschweißten Theken. «Absinth aus Marmeladengläsern!» Wie ihr Bruder wohnte er in Kreuzberg, aber ausgehen könne man nur noch in «Mitte». Anders wollte schweißen lernen.

Trotz allem ließ er ihr den Schlüssel da, und als er gegangen war, verschwand sie in den dichten Rhododendren zum Pinkeln. Sie nahm die Lomo mit und drückte, hockend im Halbdunkel, zum ersten Mal während dieser Reise auf den Auslöser. Durch die schwarzen Blätter: Reifen, Felgen, Nummernschilder, dreckiges und sauberes Blech im Gelb der Laternen. Zurück auf dem Asphalt, lag der stille Parkplatz da, als ob er ihr gehörte. Ein Gefühl wie in Kindertagen, wenn sich zum Beispiel eine Drohung ihres Vaters als leer erwies. Als sterbe man an Licht in den Lungen, schwer zu beschreiben. Sie putzte die Zähne über der kleinen Spüle des Wohnmobils, legte sich auf die Bank und schlief sofort ein.

# IV

Es war heiß, als sie erwachte. Sie suchte die Uhr im Armaturenbrett. Nach zwölf. Es wunderte sie, dass niemand sie geweckt hatte. Auf dem längst leeren Parkplatz wusch sie sich notdürftig mit Mineralwasser und fuhr dann im Aufzug in den achten Stock. Oben klopfte sie vergeblich an Ingrids und Anders' Zimmertür.

Seit gestern hatte sie anscheinend wieder Hunger, sogar trotz der Schwüle, in die sich die Hitze über Nacht verwandelt hatte. Sie fand unten ein kühles Café in der Nähe des Orientdiscounts. Dort stippte sie ein Croissant in Milchkaffee, wie sie es aus dem Fernsehen kannte, und es lief ihr so warm und süß übers Kinn, dass sie gleich auch noch auf das nächste, letzte unter der Plastikhaube zeigte. Auf dem Rückweg sah sie die Wohnmaschine erstmals bei hellem Tag. Wie das Blau des Himmels schien das Betongrau des Gebäudes weiß. Und wie gegen den Willen der Maschine hatten sie Braun, Gelb, Grün, Dunkelblau und Rot überall in den Balkonen versteckt. Der ersten Hochhausliebe ihres Lebens.

Auf dem Dach sei ein Pool, hatte Ingrid gesagt. Im Wohnmobil zog sich Betti um, nahm im Bademantel und mit dem kleinen Rucksack wieder den Aufzug nach oben.

Ab dem achten Stock musste sie Treppen steigen. Eine Stahltür führte aufs Dach.

Zuerst die Qualmvase, ein Kamin. Der überragte den Bunker davor und lehnte sich an einen Raum aus Geschenkpapier. Unten ein türgroßes Loch im Beton. Sie kniff die Augen zusammen. Ohne Sonnenbrille blendete es selbst im Schatten. Hinter dem Loch war ein schmaler Gang. Sie sah Türkis. Pooltürkis. Aber es war nur ein Pipibecken. Das lauwarme Wasser ging ihr kaum bis zu den Kniekehlen. Sie trat heraus, und ihre klatschnassen Mantelschöße tropften Punkte auf die Platten. Sie ging Spiralen. Am Ende des Platzes war eine Schanze. Sie stieg hinauf und sah oben über die mannshohe Außenmauer. Das Meer und im Dunst der Rand von Marseille in den Hügeln. Buildings aufgereiht wie Engel.

«Verfickter Fuck!» Etwas stimmte mit der Kamera nicht.

«Na?»

Betti fuhr herum. Es war Ingrid im Badeanzug, in der Hand eine Plastiktüte.

«Ich wollte dich nicht erschrecken. Hilfst du mir hoch?» Sie begann, die steilen zweieinhalb Betonmeter zu Betti hinaufzuklettern, streckte ihr die Hand entgegen. «Kräftiges Pflänzchen», ächzte sie, «danke.» Oben war Ingrid dann länger still, schaute. Schließlich fragte sie: «Was hast du denn geflucht?»

«Ach, ich bin zu blöd für meine Kamera. Die ganze Zeit, schon seit gestern, hab ich lomografiert, ohne einen Film drin.»

«Verfickter Fuck … wenn ich dich zitieren darf.»

«Ich hab, glaube ich, noch einen Film dabei.»

«Was heißt denn ‹lomografiert›?»

«Das ist so eine Idee mit diesem russischen Fotoapparat. Lomo. Fotografie nach zehn Regeln. Zum Beispiel darf man nicht durch den Sucher gucken.»

«Hab ich dich doch gerade gucken sehen.»

«Die zehnte Regel ist: Es gibt keine Regeln.»

«Aha.» Im exakt gleichen Tonfall sagte ihre Mutter das, wenn sie in Gedanken eigentlich im Modea-Bekleidungsmarkt war. Oder an der Blumenriviera.

Dann war Ingrid wieder still. Jetzt würde sie von der Nachtfahrt anfangen, fürchtete Betti plötzlich. «Ich dachte, ich wäre alleine hier», sagte sie schnell.

«Dachte ich auch. Ich war erst auf der anderen Dachseite. Wolltest du auch hier schwimmen?»

Bettis Mantel stand offen. Verschwitzt in ihren Badeanzügen standen sie da. Fehlten nur die Badekappen. Sie sahen sich an und mussten beide plötzlich lachen. Ingrid krümmte sich und kriegte sich kaum wieder ein.

«Ey, du verlierst gleich dein Gleichgewicht. Ey, Ingrid!» Sie griff nach ihrem weichen Arm.

«Gleich dein Gleichgewicht», keuchte Ingrid.

«Ein komischer Ort hier. Aber schön. Sehr schön eigentlich», sagte Betti, als käme sie damit zurück zur Sache.

«Ja, sehr ... sehr», beruhigte Ingrid sich. «Sehr.»

«Sehrsehrsehrsehrsehr», dachte Betti und ließ sich zu diesem Rhythmus in Stoppelschritten die Schanze hinabfallen, lief zum überdachten Teil eines Sitzlabyrinths aus rauen Betonbänken. Sie fand den frischen Film im Rucksack, klappte ihre schwarze Lomo auf und fädelte ihn ein.

«La maison du fada!», rief Ingrid.

«Was?»

Vorsichtig meisterte Ingrid das Gefälle, kam näher. «La maison du fada – Das Haus des Spinners.» Sie setzte sich neben sie. «So nannten sie hier das Haus, als es gebaut wurde, und noch lange danach. Über uns ist der Kindergarten.» Sie zeigte auf die Betondecke über ihren Köpfen. Dann zog sie einen Bildband aus ihrer Plastiktüte, schlug ihn auf und hielt Betti ein Schwarzweißfoto entgegen.

«Habe ich heute Morgen gekauft.»

Eine Gruppe Kinder tanzte auf dem Dach im Kreis.

«Das ist drüben, auf der anderen Seite. Ich weiß nicht warum, aber es bricht mir das Herz», sagte Ingrid. «Gehen wir ein bisschen herum?»

Ein Weg führte an der Außenmauer entlang zur anderen Dachhälfte. Den Namen des Architekten, Le Corbusier, hatte Betti noch nie gehört. Ab und zu sahen sie in Ingrids Fotoband nach. Der Raum unter dem Betonbogen in der Mitte war eine Sporthalle, und auf der anderen Seite des Dachs stand ein zweiter Kamin, dahinter wie ein Flohkino eine kleine Bühne mit Rückwand. Im Buch war schwarzweiß darauf «Die erste kinetische Skulptur der Welt, 1956» zu sehen. Vor einer in Fetzen steifgefrorenen Fahne sprangen Tänzerinnen in vielleicht unwahrscheinlichfarbenen Trikots in die Luft.

«Eine könnte deine Mutter sein», sagte Ingrid.

«Nicht ganz.»

Andere Besucher kamen. Studenten, die Fotos machten. Ingrid fing nicht mehr an von Bettis Ausflug gestern Nacht. Sie setzten sich an den Rand des Bassins und streckten ihre Füße ins warme, aber klare Wasser.

**Die „St**
Eine „öffen
sogenannte

Links:
**Die Sporth**

«Auf Türkis sind deine Zehennägel unsichtbar», stellte Betti fest.

«So sieht's aus», meinte Ingrid. Dann: «Und was hast du noch so vor mit deinem kurzen Leben?»

«Wieso? Wieso kurz?»

«Meinetwegen auch lang. Lang macht die Antwort nicht leichter.»

«Weiß nicht. Ich werde erst mal Krankenschwester. Im Oktober fange ich die Ausbildung an ... Ich hab ja noch alles vor mir.»

«Aha.» Mehr sagte Ingrid nicht.

«Was machst du beruflich?»

«Ich arbeite halbtags im Büro. Aber ich habe Hypnose studiert.»

«Ein Hypnosebüro?»

«Du machst diesen Witz nicht als Erste, Kleine.»

«Entschuldige. Ich dachte, du hättest einen Witz gemacht.»

«Mitnichten.»

Ingrid begann vor sich hin zu summen, sang leise und unverständlich und schob sich die nassen Füße unter die Schenkel.

«Was ist es denn für ein Büro?»

«Anders und ich würden dich gerne zum Essen einladen. Hast du Lust?»

«Klar.»

«Heute Abend. Magst du Fisch?»

«Eigentlich nicht so.»

«Dann nicht. Du hast ja noch alles vor dir.»

Betti hätte gerne schnippisch reagiert. Aber irgendwie

fühlte sie sich von Ingrid ernst genommen, auch wenn sie sich lustig machte.

«Ein Freund von uns hat ein Restaurant kurz vor La Ciotat, ein Stück die Küste zurück. Vorher solltest du aber jemanden um eine Duschmünze bitten.»

Betti guckte wohl dämlich.

«Du bist wirklich süßer, als du weißt, Kleine. Aber nicht die Schnellste, oder? Du stinkst, Betti. Dusch bei uns, wenn du willst.»

Diesmal wurde Betti vor allem rot, weil sie rot wurde.

Während der Fahrt hinaus aus der Stadt Marseille, die endete wie abgemeißelt, trug Betti ihr neues weißes Kleid. Grenzenlos wie die Prärie erschien ihr schon nach Minuten die Hochebene, und ihr ewiges Glattstreichen der wenigen Knitter kam ihr vor wie der Tick einer duftenden Westernbraut. Der Stoff roch noch immer neu, sie hatte das Kleid erst am Tag vor ihrer Abreise gekauft. Vorsichtig hatte sie die Etiketten abgeschnitten und es in den Rucksack gefaltet. In derselben Nacht träumte ihr: Auf einem Empfang im Château Périgord trug sie das neue Kleid, wie insgeheim in der Kabine bei H&M ausgemalt. Aber im Traum hatten plötzlich alle Frauen das gleiche weiße Kleid an, nur Betti musterten sie, als wäre sie völlig unpassend angezogen. Dann saß Betti an einer langen Tafel, wusste aber nicht mit dem unbekannten Besteck umzugehen und bat ihre Tischnachbarin: «Could you help me with the …?» – ihr fehlte das Wort. Die Frau – mit Turmfrisur, aber im gleichen Kleid – machte sich sofort mit harten Zangenhänden ans Werk, zerquetschte das Krebstier auf der Platte vor ihnen, bespritzte sich und Betti dabei über und über mit Soße und sagte dazu wie ein altes Kinderlied alle Worte aller Sprachen der Welt für Hummer auf, beginnend mit homard, lobster, el bogavante. Schon vor den asiatischen Namen waren ihre Kleider ruiniert. Doch erst viel später wachte Betti auf, sorglos verloren in diesem immer fremderen Lied, von dem sie jedes Wort verstand.

Während der Fahrt spielten Bettis Zehen mit ihren alten, billigen Ballerinas. Das Kleid war unversehrt und sauber, nach dem Duschen war es an ihr heruntergefallen. Anscheinend hatte sie abgenommen. Sie zog es dann noch einmal aus. Es war für diese Nacht geschneidert in, las sie, Indonesia.

«Betti?» Vielleicht hatte Anders schon öfter gerufen. Jetzt tippte Ingrid ihr ans Knie. Er griff hinüber ins Handschuhfach, spießte eine CD am Zeigefinger auf und hielt sie hoch.

«Pass auf!»

«Nein!», seufzte Ingrid. Wie zum Spaß begann sie zu flehen, doch ein kratziger Ton in ihrer Stimme war todernst: «Nein! Nein! Bitte … Guckt mal. Sieht das da draußen nicht aus wie Kalifornien, wo wir alle noch nie waren außer im Kino?»

«Ebendeshalb!», rief Anders.

«Wenn du Filmmusik brauchst, lass mich doch singen.»

Anders trat noch mitten in ihrem Satz die Bremse durch. So kam es Betti vor. Mit dem Oberarm knallte sie gegen die Kante der Spüle. Am Kopf spürte sie den Wasserhahn, etwas Hartes jedenfalls. Es war dunkel, dann fühlte sie Hände ihre Schultern sanft niederdrücken, bis sie flach auf der Schlafbank lag. Als sie die Augen wieder öffnete, stand Ingrids Gesicht über ihr wie ein Mond.

«Betti, alles okay? Alles okay?»

Ingrid hatte Blut an der Stirn.

«Ja.»

«Was ist passiert?» Betti richtete sich vorsichtig auf.

«Anders?», rief Ingrid unvermittelt, drehte sich um. Mit einem Ruck riss sie die Tür auf, sprang nach draußen, ihrem Sohn fast in die Arme. Der wich nach hinten aus.

«Geht's dir gut, mein Junge?»

Anders reagierte nicht.

«Was sollte denn das?», wurde Ingrid lauter.

Anders drehte sich um, ging ein paar Schritte. Betti sah ihn im Bildausschnitt der offenen Schiebetür kleiner werden, er schwieg am Rand in die Prärie. Ingrid folgte ihm und legte von hinten ihren Arm auf seine Schulter. In Intervallen rauschte der Verkehr, wenn die beiden sprachen, gingen ihre Worte darin unter. Bettis Arm schmerzte. Die letzten Sonnenstrahlen brachen am Horizont durch die Wolkendecke und verwandelten die Ebene endgültig in eine dramatische Kulisse. Anders' Schulter versuchte Ingrids Hand abzuschütteln, was nicht gelang. Er musste trotzig von Ingrid wegstapfen, kam zurück, näher an den Wagen. Seine Tränen raubten Betti den Abstand. Da schrie Anders plötzlich.

«Man kann dir ja nicht glauben! Man kann dir nicht glauben. Du bist so beschissen vorhersehbar. Noch immer hast du gesungen, wenn es losging. Noch immer hast du dein scheiß Lithium abgesetzt, und dann hast du gesungen!»

Ingrid kam näher, setzte gestenreich an, beschwörend: «Andersson!»

«Scheiß auf deinen scheiß Andersson!» Er drehte sich um, als wollte er auf sie losgehen, und hielt auf einmal still: «Du blutest ja total.»

Sofort nahm er ihr Gesicht in die Hände, legte es schräg, um die Wunde zu begutachten. Zum ersten Mal fiel Betti auf, dass er einen Kopf größer war als seine Mutter. Er hakte sie unter und geleitete sie wie eine seltsame Trauernde in Rosa zurück zum Wagen.

«Krankenschwester gefragt», sagte Ingrid. Sie hielt sich den Kopf, Haare im Gesicht. Der plötzliche Auftrag riss Betti aus dem Film. Ein Heftpflaster hätte gereicht, aber im Verbandskissen war keins, also machte sie Ingrid einen Verband, wie sie es im Praktikum gelernt hatte. Er geriet ihr viel zu dick, schien der Patientin dennoch zu gefallen. Die kletterte nach vorne auf den Beifahrersitz und betrachtete sich im Spiegel.

Anders fuhr wieder, und eine längere Zeit schwiegen alle. Die Sonne war noch nicht untergegangen, als Ingrid eine CD am Zeigefinger nach oben hielt.

«Sprichst du wieder mit mir?», fragte sie.

«Andersson, bitte … Redest du wieder mit mir?»

Sie wandte sich um zu Betti, eindringlich: «Seit drei Tagen spricht er nicht mehr mit mir. Weil ich ‹Nacht und Träume› gesungen habe. Kennst du das?»

Sie stimmte einen klaren, hellen Ton an, der sofort über den Fahrgeräuschen schwebte.

«Bis wir rausgeflogen sind! ‹Nacht und Träume›, bis wir aus dem Restaurant geflogen sind! ‹Nacht und

Träume› hättest du fast aufs Maul bekommen in Lyon, Mama!»

Ingrid brach sofort ab.

«Bitte sprich wieder mit mir, Andersson.»

Die ganze Zeit hielt sie die CD am Finger in die Luft.

«Sag Anders zu mir.»

«Anders.»

«Mach die Musik an, Mama.»

Bis zur Verzerrung hatte Ingrid dann aufgedreht, und still hielten sie es aus. In die Pause nach der ersten Nummer sagte sie: «Ich muss dir mal wieder dein Leibgericht kochen. Was war das noch gleich?»

Der wieder einsetzende Gitarrenrock übertönte Anders.

«Omelett!», rief er, «Omelett», bis man es verstand.

Die Fahrt zog sich. Nach der Ebene ging es in engen Kurven die Berge hoch. Kurz bevor es endgültig dunkel war, ergaben sich beängstigend abschüssige Blicke aufs Meer. Man sah gelegentlich Positionslichter, einmal flimmerte ein Kreuzfahrtschiff. Die CD dürfte fast zu Ende gewesen sein, als sie ankamen. Anders hatte irgendwann leiser gedreht, dann nochmal, als sich vorne vereinzelte Sätze hin- und herspannen, und nochmal, als ein erleichtertes Geplapper einsetzte, voller für Betti kaum nachvollziehbarer Bezüge. Von einem Mann war viel die Rede, einem «Onkel» und «schrägen Fürsten», wie Anders sagte, zu dem sie wohl unterwegs waren. Schließlich hätten sie fast seinen Namen ramponiert, denn ihr Wohnmobil war zu hoch für die Einfahrt, die er auf einem Schild krönte: Da stand, elegant gepinselt und von einer bunten Lichterkette beleuchtet: «Chez Hansi».

Eine einsame Gegend. Die Steilküstenstraße war immer schmaler geworden. Dennoch parkten hier einige Autos am Rand, zu denen sich, wie Ingrid meinte, «Detlef gesellte». Während Anders am Abgrund rangierte, zog sie sich die Lippen nach. Draußen wirkte alles still, es ging eine leichte, angenehm kühle Brise. Von der Schwüle über Marseille keine Spur.

Sie standen auf der Mitte der Straße. Ingrid griff in den Saum ihres Plisseekleids und rollte ihn von den Oberschenkeln hinunter bis knapp über die Knie. Betti sah ihr zu.

«Tja», antwortete Ingrid.

Dabei hatte Betti gar nichts gefragt.

Dass Anders' Baseballkappe eine andere Farbe hatte, lag nur am Licht. Jetzt hörte man das Meer deutlich. Durch das Rauschen strich Musik.

«Los!», Anders und Ingrid sagten es fast zugleich. Wind fuhr Betti ins Kleid, und ihre Schuhe drückten, als wären sie neu.

Sie gingen durch das Tor, vorbei an einem überfüllten Parkplatz und einen schmalen, von Bodenleuchten erhellten Pfad durch Oleanderbüsche. Das in die Klippe gebastelte Holzhaus sah man erst, als man den abschüssigen Metallsteg hoch über den Wellen betrat. Das Gebäude wirkte armselig. Wären nicht Musik und Stimmen zu hören, nicht schon Kerzenlicht, Gäste und glühende Zigarren auf dem Balkon zu sehen gewesen, dann hätte Betti in diesem Felsennest nie ein Lokal vermutet. Erst auf halbem Weg, als sie über die unausdenkbare Brücke stiegen, die unter Ingrids Absätzen dröhnte, fiel Betti der Koffer in Ingrids Hand auf.

Sie fragte Anders danach.

«Da ist ihre Trompete drin», sagte er.

«Flügelhorn, Andersson», rief Ingrid, als wäre diese Berichtigung schon ein Ritual.

Sie traten in einen Flur. Plötzlich hörte die Musik auf. Ein hagerer, auffällig großer Mann in hellem Anzug hastete von der Theke vor die Bühne, auf der ein Streichquartett saß, hob die Arme, senkte den Kopf und dirigierte, sein dünnes, langes Haar zurückwerfend, einen mickrigen Tusch. Dann kam er mit freudigem Geschrei auf sie zu. In seinem ledrig braunen, eingefallenen Gesicht flackerten blaue, schnelle Augen, auf seiner Oberlippe klebte ein Bärtchen schwarz wie aus Schuhcreme. Von dem, was er sagte, verstand Betti kein Wort. Als er Ingrid begrüßte, war ihr nicht mal klar, welche Sprache es war. Als Nächste kam sie an die Reihe, er bückte sich tief, seine Wangenküsse rochen überraschend angenehm. Doch er umfasste schmerzhaft fest die bereits vergessene Stelle an ihrem Arm, an der noch Tage später ein braunblauer Bluterguss sichtbar war. Anders begrüßte er mit Handschlag und Schulterklopfen. Offenbar doch auf Französisch. Aber Betti sah, dass auch Anders höchstens die Hälfte verstand.

«Sie ist nicht meine Tochter, Hansi. Wir haben sie erst gestern aufgelesen», sagte Ingrid. Stur redete sie deutsch mit ihm.

Er zwinkerte Betti zu, aber irritierend von oben herab. Auch sein Restaurant war tatsächlich riesig. «Chez Hansi» musste in den Fels getrieben sein. Die Gäste an den Tischen wirkten sehr elegant. Schwarzweiße Herren und bunte Frauen, niemand in Bettis Alter. Alle Tische waren besetzt, Flaschen lagen in Silberkübeln. Die Musik setzte wieder ein, aufgekratzt, beschwingt, sie kam völlig unerwartet von einer alten Dame an der Violine, verjüngt vielleicht von ihren Kollegen, drei streichenden Greisen. Erst jetzt fielen Betti die Lampen auf, die kreuz und quer im Raum verteilt von der Decke hingen und alles strahlend erleuchteten. Im Gegensatz zur sonstigen Gediegenheit des Ambientes wirkten die Lampen wie wahllos vom Sperrmüll gefischt, keine glich der anderen. Hansi lotste sie durch die Tische und hinaus auf den Balkon. Hier war es finster im Vergleich, nur von kleinen Petroleumlampen erhellt und doch viel weitläufiger als erwartet. Was Betti vom Steg aus erkannt hatte, war nur die Zone für den Drink im Stehen. Man paffte hier über dem Meer. Aber was sie zuvor nie gesehen hatte und auch niemals danach: eine elegante Frau in Kleid und Stola, die sehr schön schien, mit Tabakspfeife.

Weiter hinten waren Tische. Einer, direkt an der Brüstung, für sie reserviert. Hansi setzte sich und gab einen Wink. Drei Kellner kamen, der erste entkorkte eine Flasche, schenkte allen ein, die anderen legten Ingrid und Betti leichte Decken über die Schultern, Stolen wie die der Pfeifenfrau.

«Santé», sagte Hansi.

Das verstand Betti, fasste das Glas am Stiel und ließ es an die anderen klingen. Dreimal. Gewiss war das, sie traute sich nicht zu fragen, es schmeckte fast wie Sekt, ihr erster Champagner.

Von ihrem Eckstuhl aus ließ sie die Blicke in die rollende Tiefe und über die Leute schweifen, niemand stand ohne Glas, während Hansi sein rasendes Französisch sprach und Ingrid deutsch dagegenhielt. Auf Anders' Gesicht lag etwas Neues, ein Grinsen. Die Kellner fuhren einen Wagen an den Tisch, auf dem große und sehr verschiedene, plattbraune, graue, runde, pfeilförmige und silberrosa Fische lagen.

«Wir können uns einen teilen», sagte Anders. «Such du aus!»

«Ich kenne mich gar nicht ...», setzte Betti an, doch da deutete sie schon mit spitzem Finger auf ein leopardenartig geflecktes, sonst harmlos aussehendes Tier. Hansi raunte etwas.

«Zackenbarsch. Gute Wahl, Kleine», sagte Ingrid.

Man brachte Austern, und in ihrem Zackenbarschüberschwang probierte Betti. Der Geschmack und das Gefühl im Mund erschreckten sie so, dass sie den Glibber im Reflex auf ihren Teller spuckte. Niemand schien es gesehen zu haben, doch Ingrids Arm schoss über den Tisch und warf aus dem Handgelenk eine Papierserviette auf das Häufchen. Die Suppe, die folgte, schmeckte zum Kotzen fischig und zugleich nach dem Schnaps, den Betti bei Simone getrunken hatte. Seit den Croissants hatte sie nichts gegessen und schlürfte ein paar Löffel davon mit Brot. Dann wurde plötzlich zwischen Betti und Anders eine silberne Platte mit einem verkohlten Etwas gehalten, das wohl ihr Zackenbarsch war.

«Lächeln und nicken!», befahl Anders.

Sie gehorchte, und wenig später brachte man ihnen je einen Teller mit dem auseinandergeschnittenen Fisch, schwarze Haut unten, oben weißes Fleisch. Zu Hause fand

Betti selbst in den Fischstäbchen Gräten. Aber jetzt hatte sie Hunger und Wein und wie alle anderen Damen an der frischen Luft eine Stola über den Schultern und aß sich den Fisch mit diesem seltsam stumpfen Besteck köstlich.

Danach gab es Pudding und Kaffee, und Hansi verteilte filterlose Zigaretten, auch an Betti. Als sie irgendwann aufstand, weil sie aufs Klo musste, war ihr Kopf so leicht und ihre Beine so schwer, dass der Gegensatz sie aus dem Gleichgewicht brachte und der Tischkellner sie stützen musste.

«Oh, là là», rief Hansi und sprang auf. Da hatte sie sich längst befreit und ging mit steifem Rücken in den Gastsaal, schob sich durch bis zur Theke und stolzierte vorbei an einer offenen Küche mit gewaltigem Kamin, an dem auf einem groben Rost die Fische verbrannt wurden. Die Toilettentüren ein Stockwerk höher hatten Bullaugen, das Damenklo mit Blechbecken sah aus wie eine Kombüse. Vor einem kleinen Spiegel probierte sie ihre vom Schweigen und Trinken lahme Zunge aus.

«Bettibettibetti, fuckyoufuckyoufuckyou, Bettibettibetti.» Sie lief einwandfrei.

Schon auf der Holztreppe mit dem Schiffstau als Geländer merkte sie, dass sich etwas verändert hatte. Sie hörte keine Musik mehr, stattdessen hielt jemand eine Rede über eine scheppernde Anlage. Sie beeilte sich hinunter und an Küche und Theke vorbei. Noch bevor sie im Saal war, hob Applaus an. Der Saal war voll, alles hatte sich offenbar von draußen oder aus Nebenräumen erwartungsvoll hineingedrängt. Hansi stieg mit einem langen Schritt von der Bühne und setzte sich auf einen Stuhl. Vorne am

Bühnenrand wartete ein Mikrofon. Als nichts passierte, wurde der Applaus dünner, verebbte dann ganz. Hansi stand wieder auf. Auf einmal kam Bewegung ins Publikum, denn aus der besonders dichten Menge in der Balkonecke zwängte sich Ingrid, den Koffer vor sich, Richtung Bühne. Betti lehnte sich in den Türrahmen, da tippte jemand sie an. Es war Anders.

«Was wird das?», flüsterte sie.

Er legte nur einen Zeigefinger an die Lippen und zeigte mit seinem neuen Gesicht auf seine Mutter, stolz oder betrunken oder beides. Der Applaus war wieder aufgeflammt. Auf der Bühne postierte Ingrid mit dem Rücken zum Publikum den Koffer, öffnete ihn, nahm aber nichts heraus. Der Saum ihres Kleides war wieder ein Stück die Schenkel hinaufgeschoben. Sie drehte sich um. Ihr rosa Plissee sah in diesem Licht billig aus, überhaupt wirkte sie wie eben aus einem zerwühlten Bett gestiegen, ihr Gesicht leicht verschmiert, als hätte sie sich kurz zuvor eigens für den Auftritt noch mit einem Taschentuch abgeschminkt. Zudem Bettis Stirnverband. Die Gäste rumorten. In den Gang zum Mikrofon baute Ingrid einen winzigen Stolperschritt ein, oder sie blieb wirklich an irgendeiner Bodenkante hängen.

«Guten Abend», sagte sie auf Deutsch. «Guten Abend.»

Ihre Derangiertheit verunsicherte alle.

«Ein Witz. Kommt ein Mann in eine Kneipe, wo nur Liliputaner verkehren. Fragt der Mann: ‹Sag mal, ist der Kicker kaputt?›»

Hansi auf dem Stuhl kreischte. Auch Betti und Anders mussten lachen. Aber alle anderen blieben stumm. Konsequent erzählte Ingrid auf Deutsch drei weitere, ähnliche Witze, und jedes Mal brüllte Hansi laut und ungeniert los, doch jetzt als Einziger. Auf die erwartungsvolle, dann enttäuschte Stille folgte ein Murmeln. Gläserklirren. Bewegung kam in die Menge. Ingrid würde untergehen. Betti blickte zu Anders, da stand plötzlich Hansi auf, wandte sich seinen Gästen zu und streckte die Arme aus. Er wirkte so noch größer, wie ein Geier mit Schwingen. Es wurde im Handumdrehen still. Zugleich dimmte jemand das Licht, das Strahlen der Lampen sank zu einem Glimmen herab, und jetzt wurden alle Farben des Glases sichtbar und verwandelten den hängenden Müll in eine hundertfarbige Lichtschicht. Ein Raunen ging durch den Saal.

Als sich die Blicke wieder zur Bühne richteten, leuchtete Ingrid unter dem Funzelhimmel. Ihr rosa Kleid glitzerte nun ein wenig bläulich, doch intensiver noch schimmerte es an den Falten grün. Schlagartig war ihre Abgerissenheit Aristokratie. Als sie zum Koffer ging und nochmals stolperte, lachten einige, und schon die Wiederholung auf dem Rückweg war ein Erfolg. Sie ließ ihre Trompete, ihr Flügelhorn, baumeln wie eine silberne Einkaufstüte. Betti wartete gebannt auf den nächsten Witz. Aber Ingrid beugte sich vor, setzte das Instrument an die Lippen und begann zu spielen. Vielleicht traf sie die Melodie nicht ganz. Jedenfalls war viel Luft in den Tönen, mehr als bei einer Flöte. Sie spielte nicht gut, es klang nicht angenehm. Doch Betti kannte das Lied. Ein grobmaschig um ein hartes Kästchen gehäkeltes gelbes Männchen mit roter Zipfelmütze hatte es gespielt, wenn sie an seiner Schnur zog. Es hing an einem Nagel über ihrem

Bett, und je kürzer die Schnur, desto langsamer das Lied. Bis sie wieder zog. Und wieder. Und einmal noch. Danach hatten nur mehr einzelne Töne in ihrem Zimmer gestanden wie Silben an einer schwarzen Tafel, die sie damals noch nicht lesen konnte. Die Spieluhr hatte ihren Eltern ein Fremder auf dem Flohmarkt geschenkt, als es Betti noch nicht gab. Zufällig war es das Lied ihrer Eltern gewesen. Doch jetzt löste sich für Betti von der schwarzen Tafel, was ihre Eltern ihr so oft gesungen hatten, und stieg auf in den Raum. Es waren Silben, in die sie sich verwandeln würde:

Oh Darling, es ist herrlich gefährlich mit dir. Wenn … du wiederkommst, dann sing ich, dann … spring ich zur Tür wie … ein Wiedehopf … im Mai … Oh Dar … ling, … es ist … herr … lich ge… … … fähr… … … … lich … mit … … … … … dir … … … … … … Wenn … … … … … … … … …

Wie ein Brotmesser schnitt Ingrids Getröte ihr das Herz auf. Etwas Schöneres hatte sie nie gehört.

Als der letzte Ton verklang, hörte man nur Kleiderrascheln und das Quietschen von Schuhsohlen. Niemand sprach. Man blickte sich um und sah sich in seinen Nachbarn selbst wie im Spiegel auftauchen aus einer peinlich privaten Verzückung. Und jeder schien zu ahnen, dass der Zauber nur einer Katzenmusik geschuldet war.

Selbst Anders guckte betreten, mit glasigen Augen, schob dann die Unterlippe vor, was vielleicht «Respekt!» heißen sollte, bemüht ironisch, oder in Richtung Betti etwas wie: «Hab ich zu viel versprochen?» Dann fing er an zu klatschen, und als hätte man ein Ventil gezogen, entwich Jubel der Menge. Pfiffe, Schreie, rhythmisches Geklatsche gegen Ende. Scheinbar unbewegt wartete Ingrid, bis sich der Tumult gelegt hatte, aber ganz still wurde es nicht wieder.

Sie sagte ins Mikrofon: «Ich brauche jetzt meine Kinder. Bitte meine Kinder auf die Bühne.»

Sofort schoss Betti wieder das verfluchte Blut in den Kopf.

«Wir sind dran. Sie meint uns», sagte Anders. Er nahm ihre schlaffe Hand und ging einfach los.

Sie blieb stehen. «Ey», rief sie leise. Man war schon aufmerksam geworden und für sie zur Seite gewichen.

Anders neigte sich nah an ihr Ohr. «Bettikowski», sagte er, «keine Angst.»

«Ich kann das nicht», flüsterte sie, «will das auch nicht.»

«Da gibt's nichts zu können ... nichts zu wollen. Bettikowski.»

Sie schüttelte nur den Kopf.

«Meine Mutter ist eine kranke Nervensäge. Mit Betonung auf krank. Aber das jetzt solltest du dir wirklich nicht entgehen lassen!»

Ihre Hand hatte er nicht losgelassen. Wieder trat er nach vorn, jetzt ließ sie sich mitziehen. Applaus brandete auf. Betti musste die ganze Zeit nur an ihre Gesichtsfarbe denken. Auf der Bühne begrüßte Ingrid beide mit Wangenküsschen, als ob sie sich länger nicht gesehen hätten. Sie nahm Betti die Stola ab, die noch um ihre Schultern hing. Dann dirigierte sie Betti an den rechten Bühnenrand, Anders nach links, und stellte sie vor, in plötzlich aufgedrehtem Ton:

«Meine Damen und Herren, Betti Lauban und Anders Heistermann. Ich hoffe, Sie haben Hunger.»

Betti rätselte, was das heißen sollte, während Ingrid es auf Französisch anscheinend wiederholte, zum ersten Mal hörte Betti aus ihrem Mund Worte in dieser Sprache. Die Menge klatschte. Hansi war aufgestanden, zwinkerte Betti wieder zu, jetzt waren sie dank der Bühne auf Augenhöhe.

Auch Bettis Kleid schimmerte grünlich in diesem Licht. Anders' Schwarz war schwarz geblieben, aber er hatte den Kopf zur Seite gelegt, die Augen geschlossen und die Arme erhoben wie ein in der Luft Gekreuzigter. Betti war ganz ruhig, ihre Panik war in irgendeinem der zu vielen letzten Momente verflogen. Sie spürte Blicke auf ihrer Haut, auf ihrem Hals, auf dem blauen Fleck am Arm. Ein Schauer lief ihr über den Rücken.

Als Ingrid zu spielen begann, konzentrierte sie sich so sehr darauf, die Melodie zu erraten, dass ihre Arme fast schon schulterhoch ausgebreitet waren, als es ihr auffiel. Sie kannte dieses Lied, versuchte sich zu erinnern, ahnte, dass sie wieder etwas mit dem Saal verband, dass alle suchten. Anders stand jetzt erhobenen Hauptes da, wie sie. Ihre Blicke trafen sich. Sie erkannten das Lied. Urplötzlich war da wie aus einem dunklen Brunnen geholt ein Gefühl der Erlösung. Zweihundert Herren und Damen schauten auf Betti mit dem gleichen befreiten Ausdruck des Erkennens – nur fiel ihnen allen der Titel nicht ein. Egal. Alle staunten Betti an, und sie fühlte sich wie nach einer langen Trockenzeit mit der Musik und diesem Staunen begossen. Da begann es, aus ihren Fingern,

Handflächen, aus den Ellenbogen, an den Armen bis in die Achseln zu sprießen. Erst kam Grün, dann zartes Rosa. Ihr wuchsen Blüten. Sie beugte ihren Kopf, um daran zu riechen. Ein Duft nach sich selbst – nach nichts. Auch Anders blühte. Es war schön. Nein, schön war kein Ausdruck, doch nichts daran überraschte sie. Ingrid trat nach vorn, sprach jetzt französisch zum Publikum, doch nach wie vor hörte man ihr Flügelhorn. Drei Personen wurden ausgewählt, um auf die Bühne zu kommen. Anscheinend wurde dieses Privileg versteigert. Jedenfalls zahlten zwei Herren, einer ziemlich dick, der andere schmal, doch beide mit Schnäuzer, und eine unauffällige Dame Hansi Scheine in die Hand. Einzeln wurden sie von ihm auf die Bühne und dann von Ingrid zu den Kindern geleitet, um an ihnen zu schnuppern. Betti störte diese Nähe nicht. Alle drei wirkten glücklich. Zum Schluss zupfte Ingrid ihrem Sohn eine, ihr zwei Blüten ab. Ein unbeschreiblicher Schmerz, nicht schlimm, aber mir fehlen dafür einfach die Worte. Sie überreichte sie als Souvenir den Besuchern, die von der Bühne abgingen.

«Ich hoffe, Sie haben Hunger.»

Noch einmal sprach Ingrid diesen Satz ins Mikrofon, dann auf Französisch. Sie begann wieder zu spielen – als ob sie je aufgehört hätte. Nur hörte es sich plötzlich an wie ein Lied, das zu vergessen man einmal gezwungen gewesen war. Das mit den Blättern ging schnell, aber die Früchte taten weh. Sie trugen etliche kleine Äpfel, wenn auch nicht so viele, dass die Arme schwer wurden. Für die Freuden der Ernte musste das Publikum wieder bezahlen. Dieses Mal kam Hansi mit auf die Bühne. Betti war alles gleich. Sie hatte Lust, eine gewaltige Lust, ganz leer gepflückt zu werden. Die Erschütterung, jedes Mal, wenn ihre Zweige zurückschnellten. Die Früchte mussten unbedingt noch frisch auf der Bühne gegessen werden. Man verzehrte sie schnell, fast gierig, Betti hörte das Schmatzen. Manchmal frage ich mich, was eigentlich aus den Kitschen wurde. Freudig wurden die Pflücker unten wieder in Empfang genommen. Ingrid setzte das Flügelhorn an, kam Betti näher, die Musik wurde lauter. Plötzlich war Betti sich nicht mehr so sicher. Die Melodie war ergreifend schön. Aber nein, sie erinnerte sich doch nicht. Keiner kannte dieses Lied. Schon hörte es auf. Etwas brach ab. Sie wäre hingefallen, hätte Ingrid sie nicht gehalten. Das Publikum toste. Bei Anders war Hansi.

Später saßen die beiden wieder an ihrem Balkontisch, Betti neben Anders. Jemand hatte ihnen Limonaden hingestellt. Hansi brachte Betti die Stola, sagte was.

«Er meint, du hättest Talent. Deine Äpfelchen seien köstlich gewesen», übersetzte Anders.

«Oh …», sagte Betti, nur zu erschöpft, um rot zu werden. Auch Anders schien ausgelaugt.

«Was genau war das?», fragte sie ihn irgendwann.

«Was glaubst du denn?»

«Sie hat uns doch nicht hypnotisiert? Uns alle, den ganzen Saal?»

«Was willst du hören? Dass es ein Wunder war?»

Plötzlich wollte Betti keine Sekunde länger darüber reden.

Ingrid war in Fahrt, sie amüsierte sich bestens. Immer wieder kam sie an den Tisch, anfangs erkundigte sie sich noch nach ihrem Befinden. Dann wurden die Kurzbesuche unangenehmer – «Feiert ihr Trübe-Tassen-Hochzeit, oder was?» –, bis sie ganz wegblieb. Ab und zu streunten auch Betti und Anders einzeln herum, fanden sich aber stets vor ihren Limonaden wieder, wie gelangweilte Geschwister. Hansi war irgendwann nicht mehr aufgetaucht. Als sie endlich gingen, war Ingrid ziemlich betrunken. Sie feixte im Korridor über die vielen gerahmten Fotos, die Betti beim Hereinkommen vor Aufregung völlig übersehen hatte. Alle zeigten Hansi mit irgendwelchen Stars. Die, die Ingrid herauspickte, kannte Betti meist gar nicht. Ich erinnere mich an Ingrids Spott über den jungen Hansi mit einem riesigen Fisch für Brigitte Bardot. Dann, schon älter, saß er am Tisch mit einem Schauspieler, dessen berühmtes Gesicht Betti erkannte, ohne dass ihr der Name einfiel. Hansi prostete in die Kamera. Dritter im Bunde, stehend, war Robert de Niro. Auf einem Foto lehnte Hansi so wie heute, sogar im selben Anzug, am Geländer des Balkons, auf dem sie eben gesessen hatten. Er hielt ein kleines Mädchen an der Hand. Sie zeichneten sich nur dunkel ab im Gegenlicht, aber neben ihnen stand eindeutig, in der Hand den Cowboyhut, der Sänger von U2.

Bis zum Wagen wollte Ingrid partout ihre Trompete selbst tragen und stakste dann mit schiefem Rocksaum hinter ihnen her. Als Anders losfuhr, drehte er nach wenigen Metern die Anlage auf. Ingrid sagte nichts. Sie saß Betti hinten gegenüber, und bald sackte ihr der Kopf auf die Schulter. Die Musik war kein Rock, sondern klang elektronisch. Sie hüllte ihre Nachtfahrt in eine klickernde

Blase, in der sich, wenn ihnen ein Auto entgegenkam, das Licht brach. Betti lehnte den Hinterkopf ans kühle Fenster.

Vorhin hatte Ingrid wild mit einem schwitzenden Mann getanzt. Das Streichquartett hatte sein Bestes gegeben. Die kleine Tanzfläche war voll. Betti sah vom Rand aus zu. Als das Stück zu Ende war, stand Ingrid plötzlich neben ihr.

«Na endlich!», rief sie.

Weiter kam sie nicht, gleich wurde sie wieder von ihrem dicken Kavalier aufgefordert.

«Oui!», strahlte sie. Auch Betti sprach dann ein Mann an, mit Schnäuzer: «Permettez-vous?»

«Non, merci.»

«Kommen Sie, nur ein einziges Tänzchen», reimte Betti sich sein Drängen zusammen.

«Non, merci.»

«Ich dachte, ich lasse es Ihnen einfach beim Tanzen in die Tasche fallen. Aber Ihr Kleid hat gar keine Taschen, sehe ich», hatte er dann wahrscheinlich gesagt.

Jedenfalls griff der Mann ihre Hand und legte eine kleine rosa Blüte hinein. Er starrte ihr in die Augen. Dann machte er auf dem Absatz kehrt, wie ernsthaft im Stolz verletzt über die Zurückweisung. Sie trug ihre Blüte den Rest der Nacht in der Faust.

In Marseille schrak Betti auf, kurz vor dem Ziel. Die Blüte war weg. Noch halb im Schlaf, tastete sie die Bank neben sich ab, dann den schwarzen Boden. Sie hatte wohl nur geträumt. Die Blüte blieb unauffindbar. Am Ende, als Anders unter den Stelzen hielt, grinste Ingrid sie an.

«Wer kommt noch mit aufs Dach?», fragte sie.

«Ich», sagte nur Betti.

Oben wehte ein Wind, von dem auf dem schwülen Parkplatz nichts zu spüren gewesen war. Es war dieselbe Brise wie bei «Chez Hansi», nur heftiger und lauer. Ein paar Schritte hinter der Stahltür entschied Ingrid sich, zwei Pullover aus ihrem Zimmer zu holen.

«Für mich nicht», rief Betti ihr nach.

Sie lief sofort zum Becken, zog die Schuhe aus, stieg hinein, ging langsam im Kreis, dann schneller. Ein leises Heulen lag in der Luft, vielleicht rieb die Brise sich in den Schornsteinen. Das Dach war nur von wenigen schwachen Orientierungslichtern erhellt, doch es dämmerte, und der Beton spiegelte den Himmel. Mit nassen Füßen wiederholte sie die Spirale, stieg dann auf die Schanze. Noch schälte die Dämmerung nicht die Buildings aus der Nacht. Doch Betti wusste, wo in den Hügeln sie erscheinen würden.

«Na?»

Wie am Nachmittag hatte sie Ingrid nicht kommen hören. Barfuß und mit einer Flasche Wein im Arm und Gläsern in der Hand stieg die jetzt mühelos die Schanze hinauf und schenkte oben, wo Betti sich auf der schrägen Kante mit Mühe gegen den Wind stemmte, ruhig die Gläser voll.

«Das ist hier verdammt schön anzusehen», sagte Ingrid. «Maseltov!»

«Was?», fragte Betti.

«Maseltov. Das ist jiddisch für prost, es heißt ‹Viel Glück›.»

«Bist du Jüdin?»

«Quatsch.» Sie stürzte den Rotwein hinunter, holte aus und warf ihr Glas über die Außenmauer.

«Ich bin gar nichts.»

Vergeblich warteten sie auf ein Klirren. Betti trank aus und wollte ihr Glas hinterherwerfen.

«Nicht!» Ingrid hielt ihren Arm. Dann verlor sie das Gleichgewicht und fiel die Rampe hinunter. Oder sprang absichtlich. Kann sein, dass Betti kreischte. Jedenfalls durchfuhr sie ein Schreck, als wäre Ingrid in den Tod gesprungen.

Sie hörte sie zischend Luft durch die Zähne ziehen, stöhnen, «Ah!». Dann nichts mehr.

Zwei Meter tiefer lag sie unten wie ein Sack. Im Schock fiel Betti Ingrids neues Kleid auf. Offenbar hatte sie sich gerade nochmal umgezogen. Es schien glänzend dunkelrot und spannte, viel zu eng an Hüften und Po.

«Kleine?», fragte sie.

Jetzt erst trippelte Betti die Schanze hinunter, außen herum, kniete hin, legte eine Hand auf Ingrids Arm.

«Hast du dir wehgetan?»

«Verfickter Fuck.» Ingrid bebte am ganzen Körper.

«Weinst du oder lachst du?», fragte Betti.

«Beides. Blöde Frage. Hilf mir auf!»

Ingrid versuchte sich aufzurichten. Betti griff ihr von hinten mit beiden Armen unter die Achseln, wie sie es im Praktikum gelernt hatte.

«Was tust du da? Gib mir einfach die Hand, Kleine. Aua, aua.»

«Ach», Ingrid schlug nach der Hand, die Betti ihr reichte, «leck mich!»

Dann stand sie aus eigener Kraft auf, humpelte gebückt zur Weinflasche, die heil, aber ausgelaufen war. Ihr leises Stöhnen verwandelte sich in ein Summen, als sie davonhinkte.

«Ingrid?»

Die reagierte nicht. Betti fühlte sich selbst nicht richtig anwesend. Ingrid zog ab in Le Corbusiers Mondstadt wie ein vorerst besiegtes fremdes Wesen. Am Becken ließ sie ihren Pullover fallen, dann verschwand sie mit der Flasche in der Hand im Loch neben dem Schlot. Betti wartete. Schließlich lief sie ihr doch hinterher, zog einen Ärmel aus dem Wasser, legte den Pullover auf den Rand und trat in den dunklen Gang. Auf dem Weg zur anderen Dachseite war nichts mehr von Ingrid zu sehen. Da hörte Betti ein Schreien. Der Schornstein versperrte die Sicht. Im Rennen begriff sie, dass Ingrid sang. Der Platz tat sich auf. Ingrid stand in ihrem zu engen Kleid auf der kleinen Bühne. Es war noch weiter hochgerutscht, bauschte sich am Oberkörper. Sie sang, barfuß, ohne jede Geste, besser, als sie Flügelhorn spielte. Betti verstand kein Wort. Lieber wäre sie jetzt einfach gegangen. Aber ihr war, als hätte sie selbst die Musik bestellt.

Worte wiederholten sich, auch Tonfolgen. Sie setzte sich auf die Treppe des Schornsteinsockels und verstand langsam «Räume», «Brust». Dann «Lauschen» und «Lust». Es war deutsch und reimte sich, auch die Melodie war nicht schwierig, nur sang Ingrid sehr langsam. Als das Lied Betti dann packte, war es auch schon zu Ende. Den letzten Vers hatte Ingrid zweimal gesungen. Irgendetwas sollte wiederkehren. Ingrid bückte sich nach der Weinflasche. Betti applaudierte höflich, als sie die Bühnenstufen herunterkam. Sie setzte sich zu ihr, kaum passten die beiden nebeneinander.

«Ein Rest ist noch drin. Gibst du mir dein Glas?» Betti hielt es noch in der Hand.

«Zuerst habe ich gedacht, du schreist.»

«Danke.»

«Nein, ich ...»

«Schon gut. Du bist wie Andersson.»

«Wie meinst du das?»

«Er ist ein wunderbarer Junge. Willst du wissen, warum er gesagt hat, dass seine Leibspeise Omelett ist? Ich hab mal eine Lastwagenladung Eier gekauft, den Lastwagen dazu. Anders hatte es geliebt, mit der Glocke zu läuten. Wir fingen an, die Eier in den Straßen zu verkaufen. Ich habe ihn nicht mehr zur Schule geschickt. Er war neun Jahre alt. Wir haben tagelang nichts anderes mehr gegessen als Omelett. Irgendwann fing die Ladung an zu stinken.»

Sie sprach nicht weiter, füllte das Glas, nahm einen Schluck, gab es Betti.

«Hast du eine Zigarette?»

«Nein.» Von der Geschichte überfordert, fragte Betti: «Warum hast du dich nochmal umgezogen. Was ist das für ein Kleid?»

«Keines, in dem ich auf Treppen sitzen sollte. Es platzt nämlich gleich. Vielleicht passt es dir? Du bist eine Sitzriesin.»

Sie stand auf.

«Komm. Ich schenke es dir ... probier es an.»

«Ich hab schon ein Kleid dabei. Ich meine ...»

«Ingrid Nowak ist endgültig zu fett für ihr schönstes Kleid!» Kannst du mir den Reißverschluss aufmachen?»

«Ingrid, das ist nett gemeint, aber ...»

Sie stampfte auf, mit einem spitzen Schrei. «Du spießiges Arschloch! Ich reiß es mir vom Leib!»

Betti schnellte hoch und zog ihr den Reißverschluss bis zum Hintern. Ingrid riss sich das Kleid herunter, hüpfte förmlich heraus und humpelte ein paar Schritte, aber sie machte gleich wieder kehrt, hob den Stoff vom Boden auf und legte ihn sich behutsam über den Arm. Halb nackt, mit bloßen Brüsten stand sie vor ihr.

«Ich würde das Lied nochmal singen, wenn es dir gefallen hat.»

Ohne die geringste Ahnung, womit sie nun zu rechnen hatte, war Betti doch erleichtert.

«So wie du bist?»

«Zehnte Regel.»

«Was?»

Ingrid humpelte schon wieder zur Bühne, als Betti begriffen hatte. «Ich hol dir deinen Pullover», rief sie, stürzte los, wollte endlich abhauen, das Dach verlassen. Doch auf halbem Weg zum Treppenhaus bremste sie eine noch konturlose Empfindung von Hingabe für das, was ihr Angst machte. Als sie mit dem Pullover zurückkam, hatte Ingrid wieder angefangen. Sie lief bis vor die Bühne. Singend zog Ingrid den Pullover über, sagte mitten in die Melodie: «Der Ärmel ist nass», sang weiter. Dieses Mal verstand Betti das Wort im letzten Vers. Es war «holde». «Holde Träume, kehret wieder. Holde Träume, kehret wieder.»

Ingrid gähnte, als sie fertig war.

«Ich muss ins Bett. Mein Publikum auch, glaube ich», sagte sie plötzlich mütterlich.

Auf dem Weg zu ihren Schuhen trafen die beiden auf einen Nachtwächter mit Taschenlampe. Ingrid hielt sich ihr Kleid vor die nackten Beine, und er leuchtete schamhaft auf den Beton, obwohl es inzwischen fast hell war. Bettis Gruß erwiderte er ohne Worte, zwei Finger am Barett, im lächerlichen Bewusstsein des Ernstes der Lage.

«Attention!» Er hatte sich noch einmal umgedreht, Ingrid übersetzte, was er ihnen nachrief. Im Treppenhaus funktioniere das Licht nicht. Als sie dort waren, griff sie im fensterlosen Dunkel nach Bettis Hand, hielt sich daran fest, bis in den Flur, der wieder erleuchtet war. Ingrid wartete noch auf Bettis Aufzug.

«Wenn du möchtest, kannst du morgen mitfahren bis Portbou. Das ist hinter der spanischen Grenze», sagte sie. «Dann ist Schluss.»

Betti schwieg wieder, verletzt und erlöst zugleich. Ingrid trug noch immer den Verband, Betti hatte ihn gar nicht mehr wahrgenommen, wie eine Narbe, mit der man längst befreundet war. Er war dreckig. Mit einem Glockenton öffnete sich die Tür.

«Gute Nacht.»

Im Wohnmobil konnte sie nicht einschlafen. Nach einiger Zeit klopfte Anders an die Scheibe. Sie war sich sicher, dass er es war. Vielleicht war er von seiner Mutter geweckt worden. Womöglich hatte er irgendwo auf sie gewartet. Betti stellte sich schlafend. Anders klopfte noch einmal, dann gab er auf.

# V

Schwer, diese zwei Portbous auseinanderzuhalten. Im September-Nowak-Jahr war sie mit neunzehn hier so sehr ein Waisenkind gewesen, dass Betti schon sieben Jahre später voller Sehnsucht nach sich selbst wiederkam. Seither ist die Styroporinsel in der Rattenbucht täglich voller geworden, oder es ist mir zumindest so vorgekommen. Ich war immer weniger allein, mit den Jungen und ihren Arschbomben von einer zur nächsten dunkelblauen Minute.

Abseits vom Trubel der Saison liegt Portbous Friedhof still über der Klippe. Die tröpfelnden Touristen, die zu Fuß stadtauswärts ziehen, interessieren sich für ein Denkmal dort oben. Es ist dem deutschen Philosophen Walter Benjamin gewidmet. 1995 war es gerade fertig geworden, und Betti wusste damals nichts damit anzufangen.

Im Jahr 2002 schien ihr Portbous Bahnhof bei der Ankunft genauso grotesk riesig wie beim ersten Mal. Es ging jetzt eigentlich nur um ein paar Nächte. Sie wollte die erste Unterkunft am Weg nehmen. Doch fand sie nur das alte Hostal Costa Blava. Das Zimmer war diesmal noch kleiner. Dreierlei Blümchentapeten, ein fatales Bett, Ventilator. Doch zur Straße ein Austritt mit Blick in die Hügel. Sie zog die verschwitzten Reisesachen aus, stieg in einen leichten Rock, streifte ein frisches T-Shirt über und machte sich auf den Weg. Die Stadt war ihr seltsam unbekannt, und den Supermarkt fand sie nicht, wo sie ihn in Erinnerung hatte. Erst der lange, leere Marktplatz wirkte unverändert. Schließlich flanierte sie doch mit Einkäufen ein paar vertraute Meter rote Promenade hinunter, setzte sich auf eine Balustrade und ließ die Beine baumeln in die Rattenbucht – wie hatte sie damals deren Namen erfahren? – und sah zu, als sich der Kieselstrand langsam leerte. In ihrer Kammer stand später eine schiefe Kerze auf dem Tisch, in deren Schein sie aß, aus der Flasche trank und am Austritt rauchte. Das Ausmäandern dieser Kleinstadt war nur ein hübscher, aber belangloser Anblick. Dennoch sprangen ihr eiserne Bänder vom Herzen.

Auf dem Weg zur Dusche am Ende des stillen Flurs schien sie, wie damals, der einzige Gast zu sein. Sie duschte kalt und legte sich nieder. «Kristall des Lebensglücks» besitze nur, wer nicht versäumt hatte, einmal als Kind den Eltern fortzulaufen. Das las sie kurz vorm Einschlafen in einem Prospekt des Walter-Benjamin-Museums. Sie nahm sich vor, es zu besuchen. Wovon sie dann träumte, weiß ich nicht, nur dass sie am Morgen erwachte mit dem seit Kindertagen seltenen Gefühl, in den Traum zurückzuwollen.

Walter Benjamin glaubte sich 1940, als er zu Fuß nach Spanien kam, vor den Nazis gerettet. Er hatte seine Gruppe mit häufigen Pausen aufgehalten, die er, herzkrank, auf dem Pyrenäenweg einlegen musste. Doch in Portbou erfuhr er, dass man ihn zurück nach Frankreich deportieren würde. Sein Abschiedsbrief ging verloren. Erhalten blieb seine Gasthausrechnung: «166,95 Peseten:

Zimmer für vier Tage, fünf Zitronenlimonaden, vier Telefongespräche, Medizin, Totenkleidung, Desinfektion, Reinigung der Matratze, Bleichung.» Das Dokument hing übersetzt und gerahmt im Museum, das an jeder Straßenecke ausgeschildert war.

Nach dem Museum ging Betti schwimmen. Trotz heftiger Böen war auf der Styroporinsel Hochbetrieb. Die Jungen sprangen um die Wette, und die Mädchen stürzten sich unermüdlich die kleine blitzende Rutsche hinunter. Die Badeinsel wirkte, als sei sie gestern erst durch ein fabrikneues, identisches Modell ersetzt worden. Jetskis rasten so nah vorbei, dass alles schaukelte. Auch am Strand war es Betti zu voll. Gegen Mittag machte sie sich auf den Weg zum Denkmal.

Sieben Jahre zuvor, noch ganz ohne Wegweiser, waren Ingrid, Anders und Betti zunächst in die falsche Richtung gegangen. Nun aber wiesen die Schilder überall den Weg zum «Memorial». Auf der Straße, die sich gegenüber der Bucht aufwärtsschlängelte, überholte sie ein langsames, älteres Paar, Amerikaner vermutlich. Unten sah man Mietskasernen mit Meerblick. Dann hielt Betti Abstand zu einer Familie vor ihr. Zwei Kinder fochten mit Stöcken, feuerten sich lautstark auf Deutsch an, schleuderten weiter oben ihre Waffen den steilen Hang hinab. «Hey», rief ihr Vater, ein drittes Kind im Gestell auf dem Rücken. Aus der Nähe hörte sie, dass er mit seiner Frau französisch sprach. Die Straße gewährte immer bessere Aussicht auf den Strand und die Jetskis, gedämpft durch die Entfernung. Im Hintergrund wölbte sich das Bahnhofsdach über das Tal. Sie kamen schnell näher. «Hier ist es», riefen die

Kinder. Betti trat auf den windigen Friedhofsvorplatz. Am Rand, fast unscheinbar, im Mittagslicht kalt und schwarz, hing in Zargen aus Rost die kleine Tür.

Keine Tür eigentlich. Nur ein rechteckiges Loch, gerahmt von einem großen Kanteisen, schräg in die Klippe getrieben. Sie geht näher zu den Platten, die wie ein langer, rostiger Teppich daliegen. Die wahren Ausmaße dahinter begreift sie erst in der Dunkelheit. Treppen führen in einen tiefen Keller, am Ende Licht. Doch es ist kein enges Luftloch, Licht kommt von allen Seiten. Also geht sie. Auf halbem Weg tut sich über ihr der blaue Himmel auf. Und der Gang führt ins Meer, viele Meter unter ihr. Eine Scheibe aus Panzerglas stoppt sie.

Ungefähr so hatte sie sich immer den Tod vorgestellt, wenn man sie in Religion mit den Berichten beinah Gestorbener vom Himmel überzeugen wollte. Abgesehen von der Scheibe, die deshalb das Beste war. Vor und hinter dem Glas lagen Steine, es war gesprungen bis hin zur undurchsichtigen Gravur. Sie war überglücklich, nicht nur weil sie hier unten am Ende des Tunnels stehen und durch die Sprünge hinaus aufs Meer blicken konnte, sondern auch weil sie sich erinnerte, das alles schon mal unversehrt lomografiert zu haben.

Aber als Betti im September-Nowak-Jahr auf den Auslöser drückte, war sie mit den Gedanken woanders. Sie musste hier in Portbou bleiben, sie war nicht eingeladen, weiter mitzureisen. Ihres Lebewohls entsinne ich mich nicht, und ich sehe Betti auch nicht vor dem Hostal am nächsten Morgen Detlef hinterherwinken. Als hielte die Erinnerung still, zugedeckt vom Vortag, dem letzten gemeinsamen Spaziergang zur rostigen Treppe ins Meer. Ich habe die drei nie wiedergesehen.

«Aufwachen, Betti. Ab in die Büsche!»

Anders hatte die Wagentür aufgerissen und das Gepäck verstaut. Vielleicht hatte er sogar «Kleine» gesagt. Schlaftrunken gehorsam war sie in die Rhododendren geschlichen und dann hellwach, als sie sich an der Spüle die Zähne putzte. Sie spürte das Gewicht ihrer Arme. Ein Traum machte wohl kaum Muskelkater. Wie eine Rakete durchschoss sie die Erinnerung an die letzte Nacht.

Von Marseille bis Portbou waren es nur ein paar Stunden Autobahn. Sie bogen bei Perpignan ab und fuhren die letzten Kilometer auf der Küstenstraße. Anders fuhr diesmal ohne Musik. Inzwischen wusste Betti, dass seine Mutter keinen Führerschein hatte. Die war bester Laune, trotz der immer schwereren Hitze und des Minimums an Schlaf. Es war noch nicht zwölf. Ingrid summte die Marseillaise.

«Wollt ihr meine Lieblingsstelle wissen? ‹Sie umarmen euch, um euren Frauen und Söhnen die Hälse durchzuschneiden.› Mit ‹Sie› sind wir gemeint, die Deutschen. Dann kommt der Refrain: ‹Zu den Waffen, Bürger, schließt die Reihen. Marschieren wir, bis das unreine Blut unsere Äcker tränkt!›»

Kurz darauf las sie ihnen aus dem Reiseführer vor: «In Portbou enden die Gleise mit französischer Normalspur und gehen in die spanische Breitspur über.»

Die Pyrenäen am Meer. Sie fuhren Serpentinen durch Macchia, hinter Kurven fielen ihre Blicke aufs Blau, manchmal direkt hinunter ins Glitzern. Betti wurde übel davon. Ganz plötzlich kam die Grenze. Die französische war ein leeres Häuschen in der Mitte der Straße. Im Frühling waren die Kontrollen in Europa abgeschafft worden. Hinter ein paar Kurven markierte dann ein flaches graues Steinhaus, dass hier Spanien begann. Davor wies ein Schlagbaum diagonal in den Himmel. An dessen Betongewicht gelehnt stand ein Grenzer mit Schirmmütze und mintgrünem Hemd, als wäre die weißrote Stange nicht arretiert, sondern nur von seinem Hintern gehalten. Er rührte keine Hand und nickte sie durch.

«Pasaporte por favor», rief Anders und streckte, ohne sich umzudrehen, den Arm nach hinten. «Gib mal. Ich kontrolliere, damit du nicht enttäuscht bist.»

Ingrid hatte ihre Papiere in Cerbère, der letzten französischen Stadt, «aus alter Gewohnheit» eingesammelt. Die drei Ausweise in der Hand, meinte sie: «Ich mochte die Fließbänder an den DDR-Grenzen.»

«Wir mochten die Scheiße nicht.» Anders schob sich sein Stück Plastik in die Tasche seiner Jeans, betrachtete Bettis, sagte nichts dazu. Wenige Wochen war der Personalausweis erst alt, das Foto ganz neu. Dann klappte er Ingrids grünen Pass auf.

«Señorita.» Anders rollte das r. «Den habe ich als Kind an jeder Grenze in der Hand gehabt. Wie alt bist du denn da?»

«Guck, wann er ausgestellt ist.»

Er reichte ihn Betti.

Ingrids schwarzweißes Kameragesicht war sehr schön. Hager fast, zur Gegenwart im Vergleich. Sie hatte langes, glattes Haar und blickte hinter einer absurden Brille unverwandt in die Kamera, den schmalen, schwarzgemalten

Mund leicht gespitzt. Ingrid trug ein schlichtes, helles Oberteil. Zehn Jahre älter als Betti, höchstens dreißig mochte sie da sein. Betti las das Datum vor, 1970, meine ich.

«Was sind das für Motive auf deiner Bluse?», fragte sie.

«Es ist wieder ein Kleid», sagte Ingrid, sah kurz auf von ihrem Buch, «ein Kleid voller Anker.»

Die Stadt, in der Betti abgesetzt werden sollte, sah von oben aus wie eine hässliche Siedlung an einem traumhaften kleinen See, eine Täuschung, da ein Hügel den Blick auf den Rest vom Ozean abschnitt. Anders tankte. Betti saß plötzlich allein der in sich versunkenen Ingrid gegenüber. Sie war zu stolz, sie anzusprechen. Danach erst war sie zu feige.

«Der Campingplatz kommt gleich rechts vor dem Ort», sagte Anders, als er wiederkam.

Voll unklarer Scham packte Betti ihre Rucksäcke, noch bevor sie ihre Parzelle gefunden hatten.

«Stand eigentlich auch eine Pension im Reiseführer?», fragte Betti, gab sich entschlossen.

Ingrid blätterte für sie, fand das Hostal Costa Blava.

«Na dann.»

«Wir bringen dich hin.»

«Nett. Ich geh lieber zu Fuß.»

Statt es ihr auszureden, erklärte Ingrid ausführlich den Weg. Für fünf verabredeten sie sich nochmal.

Die Sonne schien heiß. Betti spürte ihre Haut schon beim Campingplatzbüro. Sie zog sich hinter einem Container eine lange Hose und eine langärmlige Bluse an und improvisierte aus einem Halstuch eine Art Turban. Einfach der Hauptstraße müsste sie folgen, irgendwann wäre das Hostal unübersehbar. Das war es auch, aber erst eine abknickende Vorfahrt, Sackgasse und Parallelstraße, eine schüchterne Nachfrage und einen kühlen Tunnel später. Schwitzen statt weinen, dachte Betti dämlich, und fast hätte sich Euphorie zur Schlepperei gesellt. Doch sie konzentrierte sich auf den plötzlichen, rasenden Durst, die geschlossenen Geschäfte, ihr dauerndes Rechnen, wie lange das Geld wohl noch reichen würde, die Schwärze einer Uniform und eines Maschinengewehrs, ihre Zweifel an der spanischen Trinkwasserqualität und die zwei Worte an der Rezeption des Hostals Costa Blava: «Dos Noches.»

Die Wirtin sprach kaum Englisch. Betti fand es teuer, sie nahm ohne Frühstück. Voll bepackt suchte sie erst im falschen, ersten Stockwerk. Eine schwarze Zimmernummer stand in einem weißen Kreis auf einer roten Schlüsselkugel. Als sie das Zimmer im zweiten Stock endlich fand, war es enttäuschend. Muffig, klein, ein Fenster zu einem düsteren Hof voller Mülltonnen. Sie lud ihre Last ab. Auf der schwammigen Matratze sitzend, fiel ihr auf, dass es zumindest kühl war. Sie zog sich nackt aus, trank gierig am kleinen Waschbecken, bespritzte sich und die glatten Fliesen, zerrte die Überdecke auf den Boden und warf sich aufs Bett, dass es quietschte. Von außen so frisch wie innerlich zerschlagen lag sie mit offenen Augen da. Müdigkeit wäre ihr willkommen gewesen. Sie kramte den Meister Floh hervor. Es brauchte viele Seiten, bis es Betti zurückzog in diese Geschichte über Blumen und Menschen und zu einem harmlosen Helden namens Peregrinus. Als George Pepusch endlich wieder die Distel Zeherit war, blieben ihre Augen hängen wie an einem Schallplattenkratzer: «Georges Augen brannten, er biß sich in die Lippen, er schlug sich vor die Stirn, er rief, als Peregrinus geendet, in voller Wut: ‹Die Verruchte! Die Treulose! Die Verräterin!› Georges Augen brannten, er biß sich ...»

Betti erwachte wie aufgebahrt. Das Telefon schellte, ein grauer Apparat an der Wand.

«Betti?»

Es war Anders.

Die beiden chauffierten Betti zu einer Cafébar, die Ingrid im Vorbeifahren gefallen hatte. In den seltenen Brisen flatterten auf Servietten gedruckte Möwen. Sie saßen im Schatten einer Markise, rührten in ihren Tassen und sagten nicht viel. Ingrid bestellte sich ein Bier. Später fing sie von der gerade eingeweihten Gedenkstätte an, über die sie gelesen hatte. Nachdem sie dorthin aufgebrochen waren, schämte Betti sich unvermittelt, dass sie die beiden nicht eingeladen hatte. Dann parkten sie und suchten den Weg durch die nur langsam abklingende Hitze.

Schwitzend und schweigend waren sie schon länger aufwärtsgestiegen, als sich, hinter der Leitplanke einer Außenkurve, ein Mann und ein Mädchen in identischen pinken T-Shirts zu schaffen machten. Die zwei gurteten jemanden an ein Drahtseil. Das war in weitem Bogen gespannt vom Fels über der Straße bis in die verschwommene Ferne unten am Strand. Dort winkte ein pinkfarbener Punkt im Wasser. Auch das Mädchen oben schwenkte den Arm und sprach in ein Funkgerät. Ingrid, Anders und Betti waren schon um die Kurve, als sie den Schrei hörten. Dann, im Denkmal, am Abgrund vor der Wand aus Glas, ging er Betti nicht mehr aus dem Kopf.

Sie sahen auf dem Friedhof anschließend, was noch zur Gedenkstätte gehörte: Olivenbaum, Kieselgrab, Roststufen aufwärts – egal. Betti wollte diese Fahrt machen.

«Ich habe immer noch einen Kloß im Hals», sagte Ingrid.

Sie war lange im Schacht geblieben. Aber Anders kam mit. Sie gingen erst schnell, rannten dann. Das Herz schlug ihr. Es sollte 5000 Peseten kosten. Betti war jetzt ohne Hemmungen, was ihr Französisch betraf, Englisch konnten der Mann und das Mädchen noch weniger. 3000 hatte sie dabei. Er, von nahem jung und hübsch, tat unbarmherzig. Anders radebrechte spanisch, stülpte demonstrativ seine leeren Hosentaschen nach außen. Das Mädchen wandte sich ab, sprach durch das Funkgerät. Betti gestikulierte mit ihrem Geld in Richtung der leeren Straße, der zahlungskräftigeren Kunden, die ja ausblieben. «C'est bien. Okay», sagte das Mädchen plötzlich, drehte sich um und zog ihr die Peseten aus der Hand wie einen Karussellchip. Der Mann griff sich Bettis Arm und half ihr über die Leitplanke. Dann balancierte das Mädchen schon neben ihr und warf einen schweren Haken an roten Stricken um das Seil. Beide halfen sie Bettis Armen und Beinen in die gepolsterten Gurte. Ihre Turnschuhe bekam sie zusammengebunden um den Hals. Ein blauer Karabiner wurde eingehakt.

«Ready?», fragte der Mann.

«Adiós», sagte Anders

«Sí», antwortete Betti.

Sie schrie. Dann war sie still. Manchmal träume ich noch heute, wie sie rast zwischen den Blaus.

Schwerer ist es, das Gedächtnis der Na
Dem Gedächtnis der Namenlosen is
Walter Benjamin, G.S. 1, 1241

osen zu ehren als das der Berühmten.
historische Konstruktion geweiht

# VI

Es war Bettis fünfter Portbou-Tag, der Meister Floh fast ausgelesen. Wie immer frühstückte sie unter Platanen, an einem wackeligen Blechtischchen auf der stilleren, aus Sicht des Kellners lästig abgelegenen Seite des Cafés. Sein Quesobocadillo war genauso schlaff und fad wie gestern und vorgestern. Trotzdem war Betti fest entschlossen, sich hier in aller Ruhe das Frühstücksrauchen anzugewöhnen.

«Klick ... Entschuldigung», sagte das Mädchen. Es hatte Betti lomografiert. Mit dem Daumen drehte er den Film weiter und blickte Betti an, eine große Puppe in der Linken, deren Füße den Boden berührten. Gern hätte Betti auch «Klick» gesagt, gleich zurücklomografiert, aber tagelang hatte sie nur wenige Worte mit Kellnern gesprochen, dreimal kurz mit ihrer ältlichen, aus dem Hinterzimmer wie aus dem Nichts hervorschießenden Pensionswirtin. Sie schaffte es, mit einem «äh» ihren Apparat vom Tisch zu reißen, demonstrativ hielt sie dem Mädchen die Lomo entgegen.

«Steht auf deinem T-Shirt», sagte es. Sein kurzer brauner Pony war wie mit dem Lineal gezogen, es trug ein buntgeringeltes Kleidchen.

Betti sah an sich hinab. Über ihren Brüsten stand in Schwarz auf Grau: «Entschuldigung», daneben das Lomologo, die zwinkernde Kamera. Ihr Bruder hatte ihr das T-Shirt geschenkt.

«Ich bin die Josie.»

«September», sagte Betti.

Das Mädchen blickte ungläubig. «Heißt du so? Wie der Monat?»

«Der Lieblingsmonat meines Vaters.»

Ohne ein weiteres Wort lief das Mädchen auf den lebendigeren Teil des Platzes, redete vor der Bäckerei aufgeregt mit einer Frau, zeigte zu Betti hinüber. Dann machten sich die beiden auf den Weg zu ihr.

Seltsam leicht, ein Kind zu betrügen. Wie beim ersten Würfeln die Sechs, die man braucht, um aufs Spielfeld zu ziehen.

Die Frau, schon von weitem auffällig hübsch, hatte unterwegs aus ihrer Tasche ebenfalls eine Lomo hervorgezogen. Damit waren sie jetzt zu dritt.

«Hallo.»

«Hallo.»

«Ich bin die Christine.»

«September.»

«Du heißt wirklich so?»

«Ja ... war der Lieblingsmonat meines Vaters.»

«Ich bin ja nur herüber, weil ich mich so gefreut hab. In so einem Grenznest ein Fräulein Junglomografin.»

Mit einer Geste bot ihr Betti einen Stuhl an. Christine setzte sich mit etwas knittrigem Blick, vielleicht blendete sie auch nur die Sonne. Josie blieb stehen, kippelte vor sich den Stuhl hin und her.

«Woher bist du?», fragte Christine.

«Monaco.»

«Monaco? Aber Deutsche, nicht?»

«Ja.» Im Moment wusste Betti nicht weiter.

«Ich bin aus München.»

Plötzlich kam ein kleiner Junge gerannt und kletterte auf ihren Schoß.

«Wir sind aus München.»

«Mama ist die jüngste Tante vom Onkel Stranzinger», sagte Josie.

«Aha?»

Pause. Das Mädchen verstand es nicht als Nachfrage.

«Das ist halt Josies größter Stolz», erklärte ihre Mutter. «Ich bin gebürtig aus Wien. Und mein Neffe ist einer der Lomo-Erfinder. Josie hat ihren Apparat vom Onkel Stranzinger geschenkt bekommen.»

«Verstehe», behauptete Betti.

Wieder Pause. Sie konnte offenbar sagen, was sie wollte.

«Mein Bruder ist Lomobotschafter», sagte Betti.

Dass er diesen Botschafter flüchtig kannte, hatte er ihr erzählt. Was, wenn sie aufflog?

Josie war bereits wieder unterwegs und jagte mit ihrer Puppe Tauben.

«Wo denn?», fragte Christine.

«In Berlin.»

«Hast du schon gehört, dass sie die Fabrik in St. Petersburg übernehmen wollen?»

«Ja», log Betti weiter. «Diese Lomo hier hat mein Bruder noch für vierzehn Mark auf dem Polenmarkt aufgetrieben. Er hat sie mir geschenkt.»

«Die Dinger sind eigentlich ja ein Graffel, nicht?»

«Bitte?»

«Na, ich meine Müll.»

«Genialer Schrott, sagt mein Bruder.»

«Genialer Schrott», wiederholte Christine.

Sie drückte ihren Sohn, der vor sich hin geträumt hatte, lomografierte sich mit ihm Wange an Wange mit ausgestrecktem Arm. Der Junge flüchtete von ihrem Schoß und lief zu seiner Schwester. Auf einmal öffnete Christine ihren Mund zu einem Lächeln, so selbstgemacht und schön, dass ihre makellosen Zähne fast falsch wirkten. Das Haar trug sie kinnlang, beneidenswert geschnitten. Nur ihre Augen wirkten etwas ausgezehrt.

«Tja», sagte Christine, als wolle sie aufstehen.

Betti wünschte plötzlich entschieden, dass sie blieb.

«Eine ziemlich lustige Geschichte mit der Lomo», begann sie, um irgendetwas zu sagen, «habe ich noch in der Schule erlebt, kurz vorm Abi. Irgendwie war ich auf die Idee gekommen, im Unterricht zu lomografieren. Keiner war begeistert von der Knipserei, vor allem nicht die Lehrer. Na ja.»

Christine lehnte sich wieder zurück.

«Aber alle haben es irgendwie hingenommen. Bis auf meine Englischlehrerin. Sie hat nicht lange gefackelt und mir den Apparat einfach abgenommen. Meine Erklärungen interessierten sie nicht, sagte sie. Ich könnte mir meine Russenkamera in exakt sieben Schultagen im Sekretariat abholen. Die Woche später hatte ich dann von der Schullomografie erst mal die Nase voll. Als ich die Lomo zurückhatte, merkte ich zu Hause, dass der Film voll war. Ich hatte aber höchstens die Hälfte verknipst. Ich bestellte Expressentwicklung, und einen Tag später hatte ich die Fotos. Fünfzehn oder so waren von mir. Auf allen anderen war meine Englischlehrerin zu sehen. Und zwar immer schlafend, so halbnah lomografiert, von der Hüfte aufwärts. Der Fotograf muss ungewöhnlich groß gewesen sein oder sich jedes Mal auf einen Stuhl gestellt haben. Man sah sie schlafend auf einer Couch, unter einer Karodecke. Oder in einem großen Ohrensessel. Einmal schlummerte sie im Auto auf dem Beifahrersitz. Aber meistens, es war ja Sommer, lag sie auf der Terrasse im Schatten auf einer gelben Liege. Nur ein einziges Foto, das letzte, zeigte sie im Bett. Es war ein bisschen verwackelt wegen des schlechten Lichts. Sie saß noch halb aufrecht, offenbar über einem Buch eingenickt. Ihr Vorname war Gesine, deshalb hieß sie bei uns in der Schule so, Gesine. Jeden Tag trug Gesine ein Haarband, mit dem sie sich ihr Haar aus der Stirn hielt, auch auf allen Fotos, weiße, blaue und rote Bänder. Nur auf dieser letzten, unscharfen Lomografie fielen ihr die langen Haare ohne Band ins Gesicht.

Ich habe in der Klasse natürlich davon erzählt, und die Aufregung war riesig. Sofort hieß es, die Bilder müssten in die Abizeitung, ganz groß, und ich sollte mir doch eine witzige Geschichte dazu ausdenken. Am Ende habe ich sie aber doch nie mit in die Schule gebracht. Es hat mich auch keiner mehr danach gefragt. Die glaubten bestimmt, dass ich mir alles nur ausgedacht hatte, um mich wichtig zu machen.»

«Was für eine Geschichte», meinte Christine.

Sie zu erzählen war Betti leicht gefallen. Leichter als die Wahrheit, die in ihr steckte wie taubes Gestein in einem Bergwerk. «Irgendwo habe ich die Bilder noch.»

«Was glaubst du, wer die Fotos gemacht hat? Ihr Mann? Oder hatte sie einen Sohn?»

«Keine Ahnung.»

Josie und ihr Bruder kamen zurück. Christine bestellte etwas zu trinken.

«Und wie heißt du?», fragte Betti den Jungen, als er wieder auf dem Schoß seiner Mutter saß.

Er sagte nichts.

«Jack», antwortete Josie.

«Eigentlich Jakob», korrigierte Christine. «Josie heißt eigentlich Josefine.»

«Jack ist viereinhalb», sagte Josefine.

«Wie alt bist du?», fragte Betti.

«Neun. Und du?»

«Einundzwanzig. Ich habe heute Geburtstag.»

«Tatsächlich? Und da sitzt du hier so ganz allein? – Herr Ober?», Christine schnippte mit den Fingern.

Eine Schrecksekunde lang glaubte Betti, die Idee würde sie etwas kosten, doch es war ein Scherz gewesen. Mutter und Tochter gratulierten ihr nur, ganz förmlich, auch Jack sollte Betti die Hand geben.

«Hast du Lust, dass wir uns am Strand treffen?», fragte Josie.

Christine musste lachen. «Josie ... die September hat heute sicher etwas Besseres zu tun.»

Als sie nachmittags zu viert an den Strand zogen, winkte wie immer die Drahtfahrtassistentin zu Betti herüber, die ihr am ersten Tag aus dem Geschirr geholfen hatte. Sie stand bis zum Saum ihres pinken T-Shirts im Wasser. Betti grüßte zurück. Sie fanden einen Platz, setzten sich auf die Handtücher. Dann ließ Jack sich von ihr eincremen und Schwimmflügel überziehen, während Josie sich über den Bademantel lustig machte. Die Kinder zogen ihr abwechselnd die Kapuze über den Kopf, immer wieder, bis Betti sich nicht mehr zu helfen wusste, abrupt aufstand und davonlief, wie zum Spaß.

«Lasst die September in Ruh! Schluss!»

Christine wurde laut, grob packte sie Josies Arm, als die trotzig auf Betti zustürzte.

«Schluss, Rabenbratl!»

Endlich beschäftigten sich die Kinder doch friedlich am Wasser, und Christine fragte: «Magst du mit unter den Schirm?»

Betti legte sich neben sie.

«Darf ich neugierig sein?»

Betti erwartete, dass Christine sie auf ihren Bademantel ansprach. Aber sie stellte die schwierige Frage nach dem Naheliegendsten.

«Was machst du hier?»

«Urlaub.»

Die Wahrheit war nicht wahr.

Doch sie wollte Christine nicht mit Einsilbigkeit vor den Kopf stoßen, deshalb fragte sie: «Warst du schon am Denkmal?»

Betti sah, dass man oben jemanden ans Seil hängte.

«Was für ein Denkmal?»

In diesem Moment startete der Drahtfahrer. Ein Sirren lag in der Luft, nur für Sekunden. Dann klatschte er in zwanzig, dreißig Metern Entfernung ins Wasser, unmittelbar vor der Assistentin. Ein paar Leute am Strand applaudierten.

«Ich bin da kürzlich auch runter.»

«Tatsächlich?»

Sie sahen zu, wie die Assistentin dem Mann aus den Gurten half. Er machte sich sofort auf zum Strand, brauchte keine Zeit, sich zu fassen.

«Was hat euch denn hierher verschlagen?», fragte Betti.

«Wir waren eine Woche bei meiner Schwiegermutter in Alicante. Mein Mann hat sich entschieden, noch ein paar Tage dort zu bleiben. Ab morgen haben wir wieder für zwei Wochen unser Ferienhaus in Carpit, da waren wir schon oft. Das liegt über Biarritz. Wenn du allein fährst, dacht ich mir, fahr halt am Meer entlang, dann kannst du Pausen machen mit den Kindern. Eine dumme Idee … Aber morgen schaffen wir's bis Carpit.»

Auf einmal standen die Kinder hinter ihnen und begossen sie aus Plastikgießkannen. Je mehr sie kreischten, desto nasser wurden sie. Plötzlich reichte es Christine, Josie hatte sie mit der Kanne am Kopf getroffen. Sie sprang auf, und die Tochter stieß flüchtend ihren Bruder um. Jack schrie sofort wie am Spieß. Gleich würde Christine ihr Rabenbratl ohrfeigen. Aber Josie entwischte ihr und kam erst näher, als Christine sich, Jack tröstend, schon wieder so weit beruhigt hatte, dass sie es beim Schimpfen beließ. Am Ende nahm Josie ihren Bruder pflichtschuldig bei der Hand und marschierte zurück ans Wasser. Ihre Mutter nahm nervöse kleine Schlucke aus einer Wasserflasche.

«Auch?»

Christine setzte sich wieder.

«Was musst du nur von uns denken, September?»

Betti brauchte dazu nichts einzufallen.

«Schwimmen wir zur Styroporinsel?», fragte sie.

Die Frage hatte etwas Erlösendes. Christine rappelte sich sofort auf, rief: «Josie, wir gehen ins Wasser.»

Dann lief sie doch erst zu den beiden, hockte sich hin und gab irgendwelche Anweisungen. Aufstehend klatschte sie in die Hände. Christines Schwung erstarb, während sie, mit den Armen rudernd, die ersten Meter durchs Wasser torkelte. Doch es brauchte nicht lange, bis sie sich überwand und kopfüber hineinstürzte. Sie juchzte und strampelte, seufzte auf, schwamm erst ein paar ruhige Züge neben Betti, machte dann plötzlich Tempo. Die letzten Meter kraulte Christine. Als Betti an der Leiter auf die Insel kletterte, saß Christine schon ruhig in ihrem flaschengrünen Bikini am Rand. Schön wie ein Bondgirl. Vielleicht gefiel Betti an ihr, dass sie wirkte wie aus dem Katalog – aber so, als hätte sie sich ungeduldig mit einer groben Schere selbst herausgeschnitten. Christine sagte nichts, lächelte nur ironisch triumphierend. Keine Jungen, lediglich ein hagerer, älterer Herr floh über die kleine Rutsche, wie ein Insekt.

Die beiden saßen, winkten den Kindern. Sanft schaukelnd, die Füße im Meer. In diesem Moment ohne Jetskis fand Christine Portbou plötzlich schön.

«Trotz der Betonkästen», meinte sie. «Das Wasser … ist unfassbar.»

«Morgens mache ich immer einen Spaziergang bis zu dieser Bucht dahinten, die man vom Strand aus nicht sieht», fing Betti an. «Da liegen bei Sonnenaufgang Rucksacktouristen. Richtige Schläferkolonien. Dicht an dicht in ihren Schlafsäcken, sie sehen aus wie bunte Robben.»

Christine legte sich auf den Rücken.

«Ich schwimme dann meistens hier rüber. Außer frühmorgens ist man sonst auf dieser Insel eigentlich nie allein. In den ersten Sonnenstrahlen und mit den Füßen im Wasser muss ich dann oft an meine erste Liebe denken.»

«Ach, September …» Christine grinste, nur halb spöttisch vielleicht. «Erzähl!»

«Es hat vor allem mit den Füßen im Wasser zu tun … Birger war mein Großcousin. Dachte ich. Irgendwann später stellte sich heraus, dass wir doch nicht verwandt waren.»

Christine schloss die Augen. Auch Betti blendete der Himmel.

«Egal. Sie kamen aus Müllrose, das liegt bei Eisenhüttenstadt, an der polnischen Grenze. Birgers Mutter hatte sich, als sie sich kurz nach dem Mauerfall bei uns meldete, für eine Cousine meiner Mutter gehalten, oder so ähnlich. Irgendwann im Frühjahr waren sie zu Besuch. Es schneite noch zwischendurch.»

«In Monaco?», fragte Christine träge.

«Nein.»

Was, wenn sie aufflog? Nichts!

«Da war ich noch lange nicht. Wir wohnten damals

in Köln. Jedenfalls war Birger nur ein bisschen jünger als mein Bruder. Die beiden konnten sich vom ersten Moment an nicht ausstehen. Ich, die kleine Schwester, hing an dem Wochenende trotzdem nur total unwichtig mit ihnen rum. Uns allen war furchtbar langweilig. Die beiden rauchten auf Spielplätzen und so weiter. Vielleicht fand ich da schon, dass Birger etwas hatte. Er war irgendwie süß. Mein Bruder hackte auf ihm rum. Wie auf mir, wenn er schlecht gelaunt war. Mit blöden Witzchen. Mich nannte er dann immer ‹Seppl›. Zu ihm sagte er ständig so übertrieben amerikanisch ‹Burger›. Ich wusste nicht, ob Birger nur zu blöd war oder doch zu cool, um sich zu wehren. Jedenfalls, kurz bevor sie wieder fuhren, war ich mit ihm zufällig im Zimmer meines Bruders allein. Da strich er mir auf einmal übers Haar und sagte lauter so süße Sachen. Ich wurde rot, ich war völlig überrascht. So richtig nah verwandt wären wir ja nun auch nicht, meinte er und küsste mich plötzlich. Mir war fast zum Heulen. Aber dann wollte ich unbedingt meinen ersten richtigen Zungenkuss. Ich war vierzehn. Poster im Zimmer, Aufkleber an Schränken und so weiter. Jedenfalls hab ich mich da in ihn verliebt, aber das merkte ich erst so richtig, als er weg war. Birger war sechzehn. Er schickte mir eine Woche später eine alte DDR-Ansichtskarte mit einem lachenden Mädchen mit Zöpfen in Indianerkleidung. Darunter stand ‹Die Jugend der Welt will den Frieden›. Ich soll ihn besuchen in Müllrose, schrieb er. Tagelang wusste ich nicht, was ich zurückschreiben sollte. Meine Eltern würden es sowieso nie erlauben. Dann kam wieder Post, diesmal ein Päckchen. Es enthielt einen Zettel und ein Geschenk.

Auf dem Zettel stand ‹Liebesgrüße aus …›, und das Geschenk war in Zeitungspapier gewickelt. Es war eine Schneekugel, wie von Andenkenständen. In geschwungener Schrift stand ‹Schrottgorod› auf einem goldenen Aufkleber. Wenn man die Kugel schüttelte, schneite es drin, aber nicht auf Schneewittchen oder auf einen Weihnachtsmann mit Schlitten oder so. In Schrottgorod rieselte der weiße Schnee auf graue Fabriken und Hallen mit Schloten. Wie oft habe ich das Ding geschüttelt? Ich fand es so schön und wollte unbedingt hin.

Tatsächlich durfte ich Birger dann doch in den Sommerferien eine Woche lang besuchen, völlig überraschend. Anscheinend hatte sich seine Mutter dafür starkgemacht. Es war wie ein Wunder. Schon am ersten Tag in Müllrose erfuhr ich die Bedeutung meiner Schneekugel, sie war ein Scherzartikel. Dieses rätselhafte Schrottgorod war nämlich der Schimpfname für Eisenhüttenstadt, das Zentrum der DDR-Stahlindustrie. Und das sei keine Reise wert, meinte Birger. Als er mir das erklärte, guckte ich anscheinend so enttäuscht, dass er sofort sagte, wir könnten trotzdem hinfahren, wenn es mir so viel bedeutet.

Müllrose schockte mich. Der Zustand der Häuser und Straßen. Schon auf dem Weg vom Bahnhof zur Wohnung. Aber viel schlimmer war es, von einem Moment auf den anderen einen Freund zu haben. Birger küsste mich schon auf dem Bahnsteig, als ich ankam. Eigentlich war sofort alles wie erträumt. Ein herrlicher Sommer. Es gab viele Seen, ich lernte Birgers tolle Freunde kennen. Wir gingen jeden Tag schwimmen. Manchmal suchten wir uns einsame Stellen zum Knutschen und für Petting.

Birger war stürmisch, aber meistens zärtlich. Seine Mutter achtete auf pünktliche Heimkehr und streng getrenntes Schlafen. Es war ganz toll, aber ich stand neben mir. Ich tat nur so. Ich spielte diese ganze Liebe irgendwie nur. In Wahrheit fühlte ich mich ganz fremd, wenn Birgers Arm auf meiner Schulter lag oder wir Hand in Hand Fahrrad fuhren. Auch Birger blieb mir fremd. Er war manchmal doch ziemlich ossimäßig angezogen. Dabei war er echt hübsch, eigentlich, mit einer reizenden Zahnlücke im Lächeln. Dann machte er oft Witze, die gar nicht doof waren, aber irgendwie konnte ich nicht drüber lachen. Dann all seine schon unsympathisch netten Freunde. Das ganze abgewrackte Müllrose.

Es war am letzten Tag, als Birger mir den Bach zeigte. Er sagte, das hätte er sich bis zuletzt aufgespart. Es war schon morgens heiß, und wir fuhren vielleicht eine halbe Stunde mit den Rädern. Dann kamen wir zum Bach, er floss, mit Bäumen und Sträuchern am Rand, durch Äcker und Wiesen. Wir lehnten die Räder an einen Baum und stiegen ins Wasser. Es war eiskalt. Birger meinte, das Besondere an ihm sei sein Grund. Es war ein goldener, feiner und weicher Sand, wie Flecken fielen die Blätterschatten darauf. Es gäbe überhaupt keine Steine, sagte Birger, man müsste nur auf die Baumwurzeln achten. Man könnte stundenlang darin spazieren gehen. Ich weiß gar nicht, ob wir das taten, also ob wir wirklich Stunden gingen. Es kam mir jedenfalls so vor. Die Eiseskälte war schnell vergessen, und wir wateten hintereinander, mal ging ich voran, meistens Birger. Ab und zu blieben wir stehen, um uns zu küssen, wie wir das auch sonst immer getan hatten.

Irgendwann müssen wir umgekehrt sein, ich kann mich nicht erinnern. Was genau dort passierte, habe ich mich oft gefragt. Ich habe mich wohl in diesem Bach an Birger verloren.

Im Laufe des Tages wurde der Abschied für mich immer unvorstellbarer. Ständig stellte ich mich auf die Zehenspitzen und sog an Birgers Hals seinen Duft ein. In der Nacht schlich ich zu ihm ins Zimmer, und wir liebten uns mit den Händen. Birger schlief ein, aber ich lag wach, bis es hell wurde und seine Mutter uns entdeckte. Sie machte ein ziemliches Drama daraus. Bis zum Bahnhof und am Bahnsteig konnte ich mich noch zusammenreißen, weil sie dabei war. Aber schon als ich den Sitzplatz suchte, heulte ich, und dann während der ganzen Rückfahrt.

Birger und seine Mutter hatten ja kein Telefon. Erst nach einer endlosen Woche kam ein Brief. Er schrieb, dass es einfach keinen Sinn hätte, die Entfernung und so weiter.

Etwas später fuhren wir mit der Familie nach Kufstein. Das ist in Tirol. Da hatte ich in einer Kneipp-Anlage in so einem Wassertretbecken einen Nervenzusammenbruch. Die Nacht war ich im Krankenhaus … Christine?»

Die regte sich nicht. Betti berührte ihren Arm. Sie schreckte hoch.

«Scheiße!»

«Scheiße», fluchte sie, «ich bin eingeschlafen.»

Mit einem Kopfsprung war sie im Wasser und kraulte panisch Richtung Ufer.

Auch Betti war aufgesprungen, die Insel schaukelte unter ihrer Geschichte. Fast war es so gewesen. Bis auf das Wesentliche. Redselig war sie als September. Was hatte

Christine so erschreckt? Betti hechtete hinterher. Erst beim Eintauchen in das schlagartig kalte Wasser fielen ihr die Kinder wieder ein. Als sie schwimmend den Strand absuchte, erkannte sie Jacks leuchtende Schwimmflügel. Josie rang mit ihrem strampelnden Bruder, versuchte ihn anscheinend immer wieder vergeblich hochzuheben oder im seichten Wasser abzusetzen.

Als sie an das Ufer stolperte, wartete Christine mit den weinenden Kindern, breitbeinig, Jack auf dem Arm, Josie an der Hand. «Nichts passiert. Gar nichts passiert», rief sie.

Den kurzen Rest des Nachmittags spielten sie am Strand. Christine baute Steinburgen, Jack zerstörte sie. Betti suchte mit Josie Muscheln. Josie sortierte sie ausdauernd nach Schönheit. Beide vergaßen darüber die Zeit, und Betti spürte in sich, als Christine zum Aufbruch rief, dasselbe Murren, das in der Stimme ihrer Spielkameradin lag: «Mama, nur noch fünf Minuten!»

«In der Früh brechen wir auf. Sehr schön war's», verabschiedete sich schließlich Christine.

«Sehr. Fand ich auch.»

«Wenn du mir deine Adresse geben magst, schick ich dir gern unsere Lomografien von heute.»

Während Christine in ihrer Strandtasche etwas zum Schreiben suchte, begann Betti zu glühen. Aber nur, bis sie «Nowak» sagte. Bei «Château» war sie ganz ruhig und rezitierte gelassen bis «98000 Monaco. Staat ist die Stadt».

«Hab ich.»

Josie gab ihr höflich die Hand.

«Du gibst auch der September die Hand», forderte Christine.

Jack tat es.

«Auf Wiedersehen.»

Betti nahm sich vor, am Strand zu bleiben, bis er leer war. Aufgekratzt genoss sie die Abendsonne und fühlte in Schüben immer mehr Erleichterung als Trauer darüber, dass Christine, ohne es zu wissen, wirklich endgültig Bettis Brieffreundin mitgenommen hatte. Zum Totlachen fand sie die Vorstellung, wo die Lomografien vom Geburtstag der falschen September landen würden. Nämlich in den Händen der echten.

Völlig leerte der Strand sich nicht, in ihrer Nähe siedelte jetzt ein Trupp Rucksacktouristen. Sie packte zusammen und machte sich auf, den Abend zu beginnen wie jeden bislang in Portbou. Zum Bahnhof stieg sie hinauf, bestellte sich dort im Lokal an der überdimensionierten Theke ein Glas Weißwein und rauchte vor einem ungelenk gemalten Seestück. In dem Bild saß ein Mädchen im weißen Badeanzug an der Spitze eines Wellen schlagenden Schnellboots, ließ die Beine baumeln, die Hände fest an der Reling. Hinter einem Glasverdeck stand ein Steuermann, ins Heck lehnte sich eine Frau. Das Boot zog zwei Jungen auf Wasserskiern in Badehosen vor einer grünhügeligen Küste.

Als das Glas leer war, ging Betti ins Hostal, auf ihr Zimmer und von dort ins Handtuch gewickelt zum großen, abgenutzten Gemeinschaftsbad am Ende des Flurs. Sie stellte den Hahn auf kalt, aber das Wasser blieb lauwarm, und vergebens wartete sie darauf, sich das Schreien zu verkneifen. Beim Abtrocknen schmerzten ihr Schultern und Schenkel. Für ihre Haut waren die sonnigen Minuten auf der Insel schon zu viel gewesen. Wie an anderen Tagen ließ sie ihre Haare aus Langeweile am Fenster trocknen. Wie immer, dachte sie. Als wäre sie schon Wochen hier und würde noch Monate bleiben. Im Hof bewegte sich, wie immer, nichts. Zumindest im Rechteck Himmel jagten sich die Schwalben über die eben noch sonnengoldenen Dachrinnen.

Danach spazierte sie wieder bergauf zur Kirche vor dem Bahnhof. Die Bänke auf dessen Vorplatz hatte sie immer nur leer gesehen, obwohl der Blick auf die ans Wasser gestellte Kleinstadt im Abendlicht atemberaubend war, jedenfalls wenn man falsch herum saß, mit den Beinen im Lehnenzwischenraum. Flachdächer wie Stufen, entlang steiler Gassen mit Blumenkübeln – siebenundzwanzig zählte Betti. Alles darin war vertrocknet, aber mitsamt der ganzen Küste in ein komplementäres Ocker gestippt dank der Tinte davor. Richtig rum sah Betti den Kirchenvorplatz, einen Wendehammer voll parkender Autos. Das Dach über dem Eingang zur Kirche war aus schweren Stahlplatten und -trägern zusammengeschweißt, als wäre hier stets mit dem Schlimmsten zu rechnen. Kritisch beäugt von gelegentlichen Ein- und Ausparkern, aß Betti, wie immer, Brot mit billigem Käse und Oliven, sie hatte ein Klappmesser gekauft. Das Panorama kannte sie schon auswendig und bald auch jedes Nummernschild. Hier hatte sie sich gestern auch «der Lieblingsmonat meines Vaters» zurechtgelegt. Worauf sie jetzt noch wartete, weiß ich nicht. Das Bahnhofslokal schloss, obschon es voll war abends, pünktlich wie eine Behörde. Betti beeilte sich, als die Sterne auftauchten, die Zeit reichte eben noch für ihren zweiten Wein. Wie immer überschlug sie auf dem Heimweg, wie lange das Geld noch reichen würde. Anderthalb Wochen etwa, die Zugfahrt nach Nizza, von wo ihr Rückfahrtticket galt, bereits einkalkuliert.

Auch heute schlief sie merkwürdig leicht ein. Das Hostal war völlig ruhig, trotz Hauptsaison. Mitten in der Nacht weckte ein Gewitter sie auf. Es war heiß gewesen, nicht schwül. Jetzt, als sie ans Fenster trat, regnete es ein wenig herein, aber die Luft war frisch und angenehm, und sie ließ es offen. Als Betti später, wie immer noch im Dunkeln, erwachte, war sie zum ersten Mal nicht nass geschwitzt und wie gerädert von Träumen, an die sie sich nicht erinnerte. Sie wartete auf die Dämmerung, die Morgendusche, den leeren Marktplatz. Der Himmel war jetzt bedeckt. An der Promenade fehlten die steinernen Alten, denen zuzunicken sie längst aufgegeben hatte. Sie spazierte von der ersten in die zweite Bucht, dann unter der Klippe in die dritte, wo sie sich jeden Morgen andere Felsen suchte, um den Sonnenaufgang über den Schlafsackkolonien anzusehen. Doch diesmal hatte sie der Regen vertrieben.

Als sie Jack wiedersah, hatte sich Betti gerade ihr Frühstück bestellt. Er lief quer über den Platz auf sie zu. Dann bogen Josie und Christine um die Ecke, entdeckten sie, und Josie legte los, überholte ihren Bruder zwei Meter vor dem Tisch, riss einen Stuhl aus dem Weg und schlug ihr auf die Schulter.

«Erster!», rief Josie atemlos und streckte Jack die Zunge raus. «Wir waren in deiner Pension!»

Jack drehte sich nach seiner Mutter um, als wollte er

sich beim Schiedsrichter beschweren, überlegte es sich aber, lief weiter und berührte Betti an der gleichen Stelle.

«Zweiter!»

Christine hob beschwichtigend die Hände.

«Da sind wir wieder. Ich weiß schon, wir fallen langsam lästig.»

«Überhaupt nicht.»

«Hast du noch gefeiert gestern?»

Betti fühlte sich durchschaut.

«Ein bisschen … so für mich.»

«Wir haben einen Anschlag auf dich vor.»

Dieser Satz ging fast unter in den rituellen Kommentaren, mit denen der Kellner in dem Moment Bettis Frühstück brachte, «Señorita», «Leche», «Bocadillo» und so weiter. Dann bestellte Christine umständlich Apfelschorle. Aber Betti spürte, dass dieses unverhoffte Wiedersehen sich an ihr entzündete wie ein Streichholz, das mehrere Versuche braucht. Selbst wiederholte sie, als der Kellner weg war: «Ihr habt einen Anschlag auf mich vor.»

«Wir haben schon in deiner Pension geschaut. Deine Zimmerwirtin sagte, sie hätte dich morgens noch nie gesehen. Immer hängt schon vor sieben dein Schlüssel am Brett, wenn ich sie richtig verstanden hab.»

«Ich dachte, ihr wärt längst weg.»

«Waren wir im Grunde ja auch … nur hatte ich gestern Nacht halt diese Idee. Und ich konnt ja schlecht die Kinder allein lassen, um dich zu fragen.»

«Welche Idee?»

«Na, ob du Lust hättest, mitzukommen?»

«In euer Haus?»

«Ja. Gut, wir kennen uns kaum. Aber gestern haben wir uns doch wirklich verstanden, es war alles so nett. Und du hast ja auch ein Händchen für die Kinder. Ich will gar nicht so tun, als ob ich nicht auch gern ein bisschen was davon hätte. Ich bin plötzlich allein mit den Kindern, das ist alles ein bisschen viel. Ich würd dich gerne dabeihaben. Ich muss mal durchatmen können. Und du? Hängst schon ein wenig in der Luft, nicht? Da dachte ich ... ich frag einfach. Carpit ist halt ganz anders schön als das hier. Viel flacher, weiter. Das Meer hat da richtige Wellen. Es wär natürlich eine Einladung, du bräuchtest nichts bezahlen. Das Haus ist nicht groß, hat aber einen wunderbaren Blick. Wir müssten sehen, wie wir's machen ... es gibt zwei Schlafzimmer. Es wär schon die Einladung auf ein kleines Abenteuer. Aber no risk ...»

«No fun», ergänzte Josie.

Vielleicht ihr Familienmotto.

Der Kellner kam mit den Apfelschorlen.

Betti sah die Kinder an. «Wollt ihr denn, dass ich mitkomme?» Sie nickten höflich.

Betti wurde am Hostal Costa Blava mit einem großen, silbergrauen Wagen abgeholt, es war ein halber Bus. Langsam löste sich die Wolkendecke auf, es wurde wieder warm. Die Serpentinen, die Betti mit Ingrid und Anders gekommen war, fuhr sie nun klimatisiert zurück. Die Grenze schien diesmal vollends verwaist. An der gespenstischen französischen Kontrollstation schlug Betti vor anzuhalten, um zu lomografieren. Alle stiegen aus. Erst etwas ängstlich, bald wagemutiger erkundeten sie mit den Lomos das Terrain. Kein Mensch zu sehen. Im verglasten

Zollhäuschen erspähten sie Aktenordner, eine Tischfahne, Schlüssel, Kugelschreiber auf alten Schreibunterlagen, ein Telefon. Plötzlich klingelte es. Beim dritten, vierten Mal drückte Betti die Türklinke. Die Tür war offen, sie ging zu dem alten Apparat und hob ab.

«September Nowak.»

Die Reaktion am anderen Ende aber wartete sie nicht ab. Sie warf den Hörer auf die Gabel und rannte nach draußen. Intuitiv griff Christine nach Jack, Josie blieb neben ihr. Unangeschnallt fuhren sie los, Betti saß auf Spielzeug zwischen den Kindern. Die waren so erschrocken, dass sie fast weinten.

Christine fragte: «Spinnst du?»

Aus ihr stieg etwas, ein Giggeln, glaube ich, wie Betti es nie gegiggelt hatte. Bald waren Christine und Josie damit angesteckt. Jack legte seine klamme Hand in ihre.

Erst auf den Fotos, die sie sieben Jahre später bei ihrem zweiten Besuch schoss – eine lange, öde Straßenwanderung hatte sie bis zur Grenze machen müssen –, fand Betti das Zollhäuschen endgültig leer. Es war von einem zufällig mitten auf der Straße vergessenen Kiosk nicht zu unterscheiden.

1995 wurden sie ein paar Kilometer weiter angehalten. Die Papiere von Josie, Jack und Christine, besonders gründlich jedoch Septembers jungfräulicher Ausweis wurden in weißen Handschuhen streng kontrolliert. Schließlich entließ man sie mit einem genuschelten «Bon voyage».

BAR

# VII

Ich würde hier ja Angst haben», sagte Christine, schob den Riegel beiseite, zerrte von innen an den Flügeln des zweiten Scheunentors, bis sie nachgaben. Sie öffneten den Blick ins Flachland. Hundert Meter hüfthohe Wiese vor einer dichten Reihe vom Wind angefressener Kiefern. Aus einem Loch in den aufgetürmten, bis ins Violette grauen Wolken stach die Sonne und ließ sie blinzeln. Ein seltsamer Gestank lag in der Luft.

«Ich sollte es dir ja schmackhaft machen … Kannst du's dir denn vorstellen? … Was meinst du? Wenn hier alles erst mal sauber und aufgeräumt ist … wohnlich sozusagen?»

«Ist das von der Eule?» Betti zeigte auf den Boden.

«Scheiße.»

«Wird schon gehen.»

«Wirklich?»

«Es wird schon gehen, lass.»

Christine zerrte einen schweren, dreckigen Tisch nach draußen. Betti fasste mit an, auch die Kinder, so gut sie konnten.

«Was stinkt hier eigentlich so?»

«Die Terpentinfabrik. Aber man riecht sie nur, wenn der Wind schlecht steht.»

Jack und Josie halfen dann, Eimer, Decken, eine Taschenlampe und andere Utensilien, vom hundert Schritte entfernten Haus herüberzutragen. Einen Klappstuhl ließen sie auf halbem Weg mitten in der Wiese liegen, während Betti die gelben Betonsteine fegte, dann den hartnäckigen Vogeldreck mit Seifenlauge wegschrubbte. Christine hatte ein Feldbett hereingetragen. Zum Schluss holte Betti ihr Gepäck.

Dann allein, legte sie sich auf das Bett. Die Scheune war leer um sie herum, ein riesiges Einzelzimmer. Auch sie würde sich fürchten. Sie entdeckte zwei Lichtschalter, doch die Stromkabel waren nach ein paar Zentimetern abgeknipst. In der Ecke stand ein alter Kachelofen.

Während der Fahrt hatte Betti zuerst lange hinten bei den Kindern gesessen, hatte mit ihnen «Ich sehe was, was du nicht siehst» gespielt und dann alle Rückbankspiele gegen die Langeweile, die sie kannte. Einmal war ihr eine Geschichte zu einem rätselhaften Autokennzeichen eingefallen, eine andere, als sie an Werbung für eine «Grotte merveilleuse» vorbeikamen. In einer Tropfsteinhöhle auf Mallorca nämlich habe ihr ein Stalagmit so ähnlich gesehen, dass der Höhlenführer fassungslos gewesen sei. Alle aus der Touristengruppe, vorwiegend dicke Engländer, hätten dann ein Foto von ihr neben dem Tropfstein gemacht. Josie erklärte den Unterschied zwischen Stalagmiten und Stalaktiten.

Irgendwann hatte Christine gefragt, ob Betti denn den Führerschein hätte und auch mal fahren könne. Sie hielten an einer Raststätte. Dort durften die Kinder von einer Telefonzelle aus mit Oma und Papa telefonieren, dann schickte Christine die beiden wieder zu Betti ins Auto zurück. Eine ganze Zeit später erst kam sie selbst, mit roten Augen und Schminkerinnsalen, lächelnd, aber wie gegen ihren Willen. Der Rien käme, heute noch. Josie und Jack jubelten, bis Christine meinte, die beiden wären schon längst im Bett, wenn er mit dem Zug in Dax ankomme.

Betti drehte den Schlüssel. Alle Scheiben fuhren hoch. Beim Zurücksetzen würgte sie den Wagen ab, danach aber fuhr er sich unempfindlich im Vergleich. Die ersten Überholmanöver absorbierten Betti dennoch völlig. Irgendwann waren die Kinder eingeschlafen.

Ob sie La Bouche kenne, fing Christine an. Deren letzten Clip habe ihr Mann gedreht. Als Videoregisseur sei er seit drei, vier Jahren erfolgreich. Ziemlich erfolgreich, nach langen Zeiten der Herumkrebserei. Sie sprach von ihrer Arbeit als Ärztin, die sie viel zu schnell endgültig aufgegeben hätte, als Jack da war. Und dann die letzten Tage. Sie habe gedacht, sie stehe vor der Scheidung. Bloß, sie seien ja gar nicht verheiratet, das sei der Witz. Und jetzt käme er, Rien. Abkürzung für Marinus, erklärte sie, als Betti fragte. Ein holländischer Name. Rien Schmidt. Ein Dreckskerl, sagte sie, weinte kurz und brachte sofort vor dem Spiegel ihre eckige Schönheit wieder in Ordnung. Sie müsse unbedingt noch diesen Crémant kaufen.

Betti fuhr. Christine sah aus dem Fenster. Jetzt werde es doch etwas kompliziert mit Septembers Unterbringung, meinte sie irgendwann. Umständlich kam sie auf die Scheune zu sprechen. Es habe da eine Eule, meldete sich Josie von hinten zurück, sie sagte wörtlich: «Es hat da eine Eule.»

Die letzten hundert Kilometer fuhr wieder ihre Mutter. Es ging über Landstraßen, und obschon die Kinder quengelten und mit nichts mehr zu beruhigen waren, klapperten sie verbissen die Supermärkte ab. Zum Schluss sprintete immer Betti los, das Papier mit dem verheißungsvollen Namen in der Hand. Als sie beim sechsten oder siebten Mal endlich mit der Kiste Crémant zurückkam, irgendein Sekt, wirkte selbst die Freude der Kinder nur noch aufgesetzt. Frieden kehrte erst wieder ein, nachdem Josie und Jack unter Tränen des Streits dem vertrauten Schild nach Carpit zugewunken hatten. Danach klebten sie stumm an den Scheiben.

Zwischen dem, was Betti in diesem Moment sah, und der ähnlichen Ödnis ihrer Heimat war der Unterschied, dass sie meinte, die Weite sogar riechen zu können. Tatsächlich lag, als sie spätnachmittags ausstiegen, nur dieser beißende Gestank in der Luft.

Vielleicht hatte dann irgendwann der Wind gedreht. Jetzt, in ihrem Feldbett, roch Betti die Terpentinfabrik jedenfalls nicht mehr. Sie hörte Josie und Jack, und Christine steckte den Kopf durch die Tür.

«Alles okay?»

«Ja, danke.»

«Dich waschen und duschen kannst du natürlich auch bei uns drüben. Wir besprechen noch, wie wir alles machen. Aber wie gesagt, wenn du dir deine eigene Dusche montieren magst … Ich hab sie hier vorn ins Gras gelegt.»

Als sie weg waren, stand Betti auf. Es brauchte etwas Zeit, bis die klapprige Gartendusche auf der unebenen Wiese ausbalanciert war. Sie ging wieder hinein, zog sich den Badeanzug an, drehte schließlich draußen das Wasser auf. Es war unerwartet heiß. Als sie noch rätselte, warum, wurde es jäh eiskalt. Sie schrie so laut sie konnte und sprang und sprang und schrie und schlug sich auf die Rippen. In den Wolken über dem Kiefernhorizont erschienen berühmte Berge aus Betti Laubans Kindheit, der Großvenediger, Frau Hitt, das Hochglück, Zahmer und Wilder Kaiser. Sie zog sich aus und hüpfte in Regen und Licht.

Während sie kurz darauf frische Sachen aus dem Rucksack wühlte, drucksten die Kinder im Türrahmen herum, dann trauten sie sich herein.

«Jack hat Angst vor der Eule.»

«Wir hatten mal eine zahme Dohle namens Audrey.»

«Was ist eine Dohle?», fragte Jack.

«So was Ähnliches wie eine Krähe», erklärte Josie.

«Audrey war etwas kleiner ... Jedenfalls hatte mein Vater sie mitgebracht, sie war aus dem Nest gefallen. Wir haben sie aufgepäppelt. Ich habe ihr den Namen gegeben, obwohl ich ihn noch gar nicht richtig aussprechen konnte. Alle haben sich gewundert, wie ich ausgerechnet auf Audrey kam. Ich wusste es selbst nicht. Da war ich etwas älter als du, Jack. Meine Dohle war dann ein Männchen, stellte sich heraus. Audrey ist eigentlich ein Mädchenname. Aber er hieß für uns so, bis wir weggezogen sind. Audrey ist dann zu Hause geblieben.»

«Warst du traurig?»

«Als Audrey weg war? ... Beziehungsweise ich?»

Christine klopfte an die offene Tür.

«Darf ich reinkommen?»

Sie hatte sich zurechtgemacht, mit Lippenstift und im kurzen Rock.

«Ich möchte dich ganz direkt was fragen, September. Der Rien hat gesagt, er setzt sich in Dax in ein Taxi. Das braucht aber eine Stunde, deshalb würd ich ihn gern am Bahnhof überraschen. Ob ich die Kinder so lang bei dir lassen kann?»

«Ich will mit», rief Josie. Jack wiederholte es sofort.

«Ich hab euch Miracoli hingestellt», war die Antwort.

Es gab Tränen. Christine fuhr trotzdem. Als sie weg war, beruhigte sich Josie sofort und begann routiniert, ihren aufgelösten Bruder zu trösten. In der Küche machte Betti dann die Fertignudeln, während die Kinder den Tisch deckten. Sie aßen auf der Terrasse. Es begann schon zu dämmern, und Jack schlief beim Essen ein. Josie aber wollte unbedingt auf ihren Vater warten. Sie wischte Jack den Mund ab, Betti trug ihn zu seinem Bett. Miteinander zogen sie ihn aus. Leise holte Josie danach unter einem Schrank einen Karton mit einer Sammlung toter Hirschkäfer hervor.

«Wie viele Jahre habt ihr gesammelt?»

«Ich!», meinte Josie.

Sie zählten, es waren über vierzig. Dann zeigte Josie Betti unweit des Hauses ein Loch in einem Baumstumpf, in dem, davon war Josie überzeugt, eine Schlange wohne. Später saßen sie auf der Terrasse nebeneinander, nippten Mineralwasser und schauten in die Ebene. Plötzlich verschwand Josi ins Haus, kam mit einer Decke zurück und kletterte auf Bettis Schoß.

«Erzählst du mir eine Geschichte? Magst du?»

Josie kuschelte sich in Bettis Schoß wie in einen Sessel, der ihr zu klein war. Ihr ungewohnter Geruch, die Nähe ihres dunklen Haars. Sie würde schwer werden. Josie deckte sie beide zu.

Betti befreite ihre Arme und begann. «Es war einmal ... ein Junge namens Peregrinus. Der lebte mit seinen Eltern in Frankfurt, am Main. Sie waren Kaufleute, und Peregrinus' Vater wollte, dass auch sein Sohn Kaufmann wird und einmal sein Geschäft übernimmt. Aber schon als Baby machte Peregrinus seinen Eltern Kummer. Nachdem er in den ersten Wochen auf der Welt immer nur geschrien hatte, verstummte er auf einmal völlig, er war wie ein Automat ohne Batterien. Die Eltern wussten sich keinen Rat. Bis seine Patentante ihm einen hässlichen Harlekin mitbrachte.»

«Was ist ein Harlekin?», fragte Josie.

«Eine Art Clown, eine Clownspuppe ... jedenfalls, wenn der Kleine diesen Harlekin sah, wurden seine Augen lebendig, er drückte ihn an sich und wollte nicht mehr von ihm lassen. Peregrinus wuchs wie andere Kinder, nur sprechen wollte er nicht. Eines Abends entdeckte die Mutter aber, dass ihr Sohn im Bett mit sich selbst sprach. Es waren ganz normale Worte und Sätze. Wie seine Mutter erhofft hatte, redete Peregrinus bald mit ihr, dann auch mit anderen Leuten. Er bekam einen Hauslehrer, wie es bei reichen Leuten damals üblich war. Doch die Sorgen hörten nicht auf. Der Lehrer kam nicht mit Peregrinus zurecht. Der Junge war sehr gescheit, aber er brachte seinen Lehrer zur Verzweiflung, weil er sich einfach nicht mit etwas beschäftigen konnte, das ihn nicht interessierte.

Wollte er aber etwas über eine Sache wissen, dann versenkte er sich darin Wochen und Monate. Einmal kam er ins Chinafieber, begann sich wie ein Chinese zu kleiden, sprach nur noch Chinesisch, das er sich selbst aus Büchern beigebracht hatte, und baute aus Holz und Pappe in seinem Zimmer die Stadt Peking nach.

Aber nie gelang es seinem Vater, Peregrinus für Geld und für Buchführung zu interessieren.»

«Was ist Buchführung?», fragte Josie wieder.

«Ich würde sagen, man schreibt in ein Buch, wie viel Geld man ausgibt und verdient. Unten steht dann der Gewinn, und man weiß, was man behalten darf. Jedenfalls dafür interessierte sich Peregrinus überhaupt nicht. Als er ein junger Mann war, ging er in eine fremde Stadt zum Studieren und kam erst nach ein paar Jahren zurück, ohne einen Beruf gelernt zu haben. Sein Vater schimpfte: ‹Hans der Träumer ging hin, Hans der Träumer kehrt zurück.› Aber er hoffte immer noch, dass aus Peregrinus ein guter Kaufmann wird. Also schickte er ihn mit ein paar einfachen Aufträgen zu einem Geschäftsfreund nach Hamburg. Als Peregrinus dort ankam, übergab er diesem Freund seines Vaters alle Papiere und verschwand, niemand wusste wohin. Später hieß es, er sei in Indien gewesen, andere wollten das nicht glauben. Jedenfalls blieb er drei lange Jahre weg und ließ kein Wort von sich hören.»

«Das war gemein.»

«Findest du? … Eines Tages war er wieder in Frankfurt, klopfte zu Hause, aber niemand öffnete. Ein Nachbar kam vorbei. Peregrinus fragte ihn und erfuhr, dass beide Eltern kurz hintereinander gestorben waren.»

Betti trank einen Schluck. Josie schwieg.

«Er wurde seines Lebens nicht mehr froh. Peregrinus hatte alles geerbt, aber lebte jetzt allein in seinem Elternhaus, nur mit der alten Haushälterin, die schon mitgeholfen hatte, ihn großzuziehen. Ganz allein feierte er die Geburtstage seiner Eltern mit großen Festessen, zu denen er niemanden einlud. Danach ließ er die Speisen, die übrig geblieben waren, an die Bettler verteilen. Zu Weihnachten kaufte er Unmengen Spielzeug. Das bescherte er sich alles selbst unterm Weihnachtsbaum und spielte stundenlang wie ein Kind. Dann ließ er es wieder einpacken und brachte es einer armen Familie mit vielen Kindern.»

«Das ist ein trauriges Ende», meinte Josie.

«Die Geschichte ist noch nicht zu Ende … Bist du schon müde?»

«Nein.»

Und Betti erzählte weiter. Wie Peregrinus am Weihnachtsabend die Kinder des armen Buchbinders mit Geschenken überraschte und plötzlich eine fremde und wunderschöne Frau hereinstürzte, in die er sich sofort heftig verliebte. Sie hieß Dörtje Elverdink und trug ein Kleid aus Zindel.

«Was ist Zindel?», fragte Josie noch.

«Weiß nicht. Aber es glitzert mehr als alles, was wir kennen.

Und Peregrinus traf den Meister Floh, durfte durch sein mikroskopisches Augenglas Dörtjes Gedanken lesen, erfuhr, dass ihre Liebe gelogen war, weil sie es nur auf den Meister abgesehen hatte, denn eigentlich war sie schon tot, doch der Biss dieses Flohs konnte sie am Leben erhalten. Da kam Peregrinus wieder zu sich und warf Dörtje, die sich wehrte, zur Tür hinaus. Erst dann kamen ihm die Tränen.»

Zu diesem Ende sagte Josie nichts mehr. Wie ihre Mutter gestern auf der Styroporinsel war sie während der Geschichte in ihrem Duft nach Kürbiskernen eingeschlafen. Für Betti kein Grund, schon aufzuhören.

«Der Meister Floh überließ Peregrinus zum Dank sein magisches Augenglas. Ein paarmal benutzte er es, aber die Gedanken der braven Leute, mit denen er meistens zu tun hatte, waren langweilig. Sie dachten so, wie sie sprachen. Mit der Zeit vergaß Peregrinus das Glas.

Eines Tages ging er wieder einmal zu dem armen Buchbinder. Ihm öffnete ein englisches Mädchen, das heißt, sie war schön wie ein Engel. Zum zweiten Mal verliebte Peregrinus sich jetzt in der Wohnung des Buchbinders. Diesmal in seine Tochter. Peregrinus kam wieder und wieder, mit immer neuen Aufträgen und eines Tages endlich, um beim Buchbinder um ihre Hand anzuhalten. Der war nicht schwer zu überzeugen, aber auch seine Tochter müsse ihn wollen, verlangte er. In der guten Stube wartete Peregrinus, dort sollte er sie fragen, und für diesen Moment hatte er ein letztes Mal das Augenglas eingesteckt. Er war reich. Er war naiv. Er wollte nicht noch einmal betrogen werden. Sie trat ein und schlug die Augen nieder. Peregrinus hatte die winzige Schachtel schon geöffnet. Da schlug sie die Augen auf und schaute ihn an. Peregrinus durchfuhr es wie ein Blitz. Er versteckte die Schachtel hinter seinem Rücken, er brauchte sie nicht mehr und stellte seine Frage. Sie gestand ihm wortreich ihre Liebe. Peregrinus küsste sie. Und wenn sie nicht gestorben sind, dann leben sie noch heute.»

Die Wolken hatten sich aufgelöst, und ein tiefer Sternenhimmel war aufgezogen. Das Firmament schien einen Sog zu haben, und Betti war froh über Josies Gewicht auf ihrem Schoß, bis sie von fern einen Wagen hörte. Sie beeilte sich, zog Josie aus und trug sie zu ihrem Bett.

Dann trat sie auf der Vorderseite des Hauses mitten in den schlingernden Kegel der nahenden Scheinwerfer. Doch der Wagen drehte ab und fuhr langsam den Feldweg am Hof vorbei. Für einen Moment stand sie geblendet, bis sie die Silhouetten der in die Wiese verteilten Eichen wieder ausmachen konnte. Es wurde still. Hier fehlten die Zikaden, nur einzelne Hunde bellten. In der Küche fand sie Zigaretten, aber kein Feuer. Es war bald zwölf. Christine war jetzt länger als drei Stunden weg. Erneut stellte sich Betti auf die Terrasse unter die Sterne, ließ aber das Licht in der Küche an. Plötzlich hockte neben ihr, keinen Schritt entfernt, eine faustgroße Kröte. Mit ein, zwei plumpen Hüpfern ergriff sie halbherzig die Flucht, hockte wieder, wartend, worauf auch immer.

Längst hatte Betti Angst vor dieser Nacht und dem Eulennest, in dem sie schlafen sollte. Plötzlich fiel ihr ein, dass sie die Taschenlampe in der Scheune vergessen hatte. Da hörte sie in der Nähe ein Knacken wie von einem brechenden Ast.

«Hallo. Hallo», rief sie.

«Ist da wer?»

Keine Antwort. Der Schreck durchrieselte sie, aber fast musste sie lachen.

Sie verriegelte die Küchentür hinter sich. Halb eins, sie war nicht müde. Noch lange wartete sie, die Stirn ans Fenster gelehnt, bis sie wieder ein Motorengeräusch hörte, dann Stimmen, und als sie Christines erkannt hatte, ging sie auf die Terrasse und setzte sich. Sie kamen hinten herum, direkt zu ihr.

«Du sitzt ja fast im Dunkeln.»

«Ich hab draußen kein Licht gefunden.»

«Ach, sorry. Wusste Josie das nicht mehr? Der Lichtschalter ist ein bisschen versteckt in der Küche.»

«Hallo», sagte er und kam mit ausgestreckter Hand auf Betti zu. «Rien.»

«September.»

«Und gleich am ersten Abend hast du dir die Kinder aufs Auge drücken lassen? Joke. Nein, total nett von dir, dass sie mich in Ruhe abholen konnte. Du bist nicht sauer, dass es gedauert hat? War noch was zu erledigen.»

Sie hatten sich entweder so lange geliebt oder angebrüllt. Rien hatte für die Begrüßung seinen Trolley im Gras stehen lassen. Jetzt dröhnten die Rollen hinter ihm auf den Steinen, bis er ihn über die Schwelle hievte.

«Aber nicht weglaufen! Wir feiern noch ein bisschen, ja? Ich geh nur mal eben zu den schlafenden Schönen.»

«Das ist Rien», sagte Christine, als er im Haus war, und sie kam Betti dabei zehn Jahre jünger vor. Im Halblicht hatte sie ihn nicht genau sehen können. Auf seinem T-Shirt stand etwas, sein Haar reichte ihm bis zu den Schultern. Er roch angenehm nach Parfum, trotz der langen Reise.

«Hat alles gut geklappt?», fragte Christine. Rien kam zurück und trug unterm Arm eine der Sektflaschen, nach denen sie so lange gesucht hatten, in der rechten Hand eine klobige Taschenlampe, in der linken drei Gläser zwischen den Fingern.

«Könnten kälter sein.»

«Hast du sie geweckt?»

«Ich war in Versuchung. Aber keine Sorge, ich hab nur dagestanden und zugehört, wie mir ihre Unschuld das Herz brach. Hast du schon den Ghettoblaster an den Start gebracht?»

«Ich bin nicht dazu gekommen.»

Er blies durch die Lippen. «Okay, ihr Herzen. Dann geht ihr schon mal rüber, und Vati kommt gleich mit Musik und Chips.»

«Kannst du für uns zwei Pullover aus dem Schrank mitbringen? Für Betti am besten den roten.»

Christine nahm ihm den Sekt ab, reichte Betti die Gläser und knipste die Taschenlampe an.

«Wir haben hier noch eine Außenküche im alten Backhaus drüben. Da gehen wir abends oft hin, damit die Kinder ihre Ruhe haben. Vor allem, wenn Freunde da sind.»

Sie leuchtete voran, und Betti folgte ihr zu einem kleinen Schuppen mitten auf der Wiese, der ungefähr gleich weit vom Haus und ihrer Scheune entfernt lag, sie hatte ihn bisher kaum registriert. Durch die niedrige Tür schienen sie einen einzelnen, engen Raum zu betreten. Aber als Christine den Kippschalter umlegte, fehlte ihm auf der gegenüberliegenden Seite die Wand, und das Licht breitete sich in die Wiese aus wie in einen gründgelben Saal. Unter einer nackten Glühbirne standen ein Tisch und ein paar Stühle, rechts davon eine Spüle, Gasherd und Kühlschrank. Links bauschte sich zwischen Balken, die mal die Wand gerahmt hatten, eine dünne, ballonseidene Hängematte.

Rien schleppte eine Plastiktüte voller CDs und Sektflaschen sowie den altmodischen, großen Musikplayer heran, der Betti schon in der Diele aufgefallen war.

«Heilige Scheiße», fluchte er, als er an dessen Rückseite herumfummelte, «heilige Scheiße» auch für jede Flasche, die er nicht ins Eisfach bekam.

Dann erklang leise, verzerrte Musik. Rien drehte die Lautstärke bis zum Anschlag auf und wieder ab, bis aus dem brüllenden Kratzen endlich eine Technonummer wurde, bum, bum, nicht viel mehr, er hob die Arme und heulte in die Küchenzeile, wiegte sich in den Hüften, drehte sich mit geschlossenen Augen.

«Rien!» Christine saß am Tisch mit dem Rücken zu ihm, sie sah gar nicht hin. «Rien, mach das leiser, bitte!»

Er gehorchte.

«Komm doch erst mal an, Rien. Und mach endlich den Sekt auf!»

«Komm doch erst mal an, Rien», äffte er Christine nach, hob die Hängematte über den Kopf und schlüpfte nach draußen, stapfte bis an den Rand des Lichts, legte den Kopf zurück und schrie ins Dunkel: «Rien Schmidt! Rien Schmidt! Est-ce que Rien Schmidt est déjà là?»

Christine sah Betti an, zog eine Augenbraue hoch und riss, ohne hinzusehen, Stanniolpapier und Drahtgeflecht vom Flaschenhals, sprang dann auf und rannte mit der Flasche auf die Wiese. Der Korken knallte.

«Aua ... Scheiße, Mann, meine Stirn», jaulte Rien auf.

«Stell dich nicht so an ... September, bring die Gläser.»

Viel Sekt war schon im Boden versickert, als Betti da war, um den Rest aufzufangen.

«Auf dein erstes Korkenhämatom», sagte Christine, die beiden stießen an und schoben sich grob die Zungen in den Mund. Betti, daneben, nahm einen Schluck.

Nachher aschten sie am Tisch bei der zweiten Flasche in die leere erste. An Betti hing Christines feuerroter Pullover fast wie ein Kleid. Rien erzählte.

«‹All for love›, das war das Schlimmste, was die Gründer je an Land gekokst haben.»

«Die Gründer» waren seine Chefs, so viel hatte Betti verstanden.

«‹All for one, all for love›, kennst du, September ... Sting, Bryan Adams, Rod Stewart – war der Titeltrack zu ‹Die drei Musketiere› – Kristl weiß meine Geschichten eh schon alle auswendig.»

«Das stört unseren Rienl für gewöhnlich nicht besonders.»

«Sorry, Kristl. Obwohl, noch schlimmer war der Dreh für Blue System dieses Jahr. Das war im Frühjahr so ein Oben-ohne-Ding, wo wir den Blonden von Modern Talking stundenlang in seinem Sixtiessessel gedreht haben, bis er irgendwann meinte, in seinem solariumbraunen Hanseatisch: ‹Ey, Leute, mir ist schlechter als den eintausend Negerwipptitten hier in euerm feuchten Video.›»

Sie fanden das ziemlich witzig. Rien brachte die Geschichte gleich noch einmal, spielte die Szene vor auf seinem Stuhl.

«Das war das Schlimmste gleich nach», erzählte er weiter, «gleich nach … Ich meine, manchmal fragt man sich, wer ist eigentlich der Choreograf dieser Scheißeparade? … Na gut, Rien Schmidt. Ich … Insofern waren die Musketiere letztes Jahr nicht wirklich schlimm. Ich meine, was haben die Gründer beim Pitchen geschwitzt. Als sie's geschossen hatten, sind sie vor Stolz fast verendet.»

«Pitchen?», fragte Betti.

«Ideenkrieg. Und Preiskrieg. Pitchen sagt die Branche dazu. Du hängst dich rein, bis du den Sack mit Job drin zumachen kannst. Es war anders geplant gewesen, aber am Ende hat unser deutsch-österreichisches Team das Ding tatsächlich in einer Halle in Hollywood gedreht. Und dann floss echtes Blut. Der Sting hat dem Bryan Adams seinen Bass über die Nase gezogen, weil der ihm am Schluss der Performance, einfach nur aus Unsicherheit, glaube ich, so Don-Corleone-mäßig beidhändig in die Backen gekniffen hat. Bryan blutete wie ein Schwein, flippte völlig aus, schmierte sich das Blut in seine Nazifrisur. Irgendwann war sogar Rods weißes D'Artagnan-Jackett verschmiert, da war es aus, wir konnten sie nicht mehr beruhigen. Es war noch kaum was im Kasten, sodass wir die hüftsteife Begrüßung unserer Stars am Set reingeschnitten haben und so ein paar beschissene Rotweinszenen mit Models, die Stings und Rods Falten betatschen. Da hat nie einer nach gefragt, das Ding ging überall Nummer eins. Scheiße, sag ich immer, das ganze Leben versendet sich. Andererseits, für die Gründer ist es bis jetzt bei diesem einzigen fetten Stich geblieben. International, meine ich.»

«Sag mal, Rienl, hast du diese Geschichte letztes Mal nicht noch völlig anders erzählt?», fragte Christine. «Irgendwie unblutiger? Ich kann mich, ehrlich gesagt, an keinen einzigen Tropfen Blut erinnern.»

«Herzen ... manchmal macht es müde. Fast so müde wie die Wahrheit. Ich erzähl euch jetzt bloß noch meine neueste Idee, die ich diesmal ganz sicher nicht wieder den Schweinen zum Abnagen hinwerfe. Stellt euch vor, Folgendes: Ein Mann geht durch einen Straßentunnel. Er geht mitten auf der Straße. Lockerer Verkehr, Autos hupen. Man sieht ihn von hinten. Alter Daunenanorak. Mitten auf der Straße. Von oben Neonlicht, klar, im Tunnel. Er geht zügig, fast gehetzt. Dann: Großaufnahme Gesicht. Grobe Züge. Er sagt was, man hört das, ganz deutlich in den Track gemischt, versteht aber nichts. Dann flucht er, aber unartikuliert. Brabbeln, Fluchen etceterapepe. Ein Penner, ein Wahnsinniger? Das fragst du dich noch, da macht es peng! Reifenquietschen und gleich wieder Durchstarten. Er ist überfahren worden. Liegt auf der Fahrbahn. Keiner hält an. Alle fahren langsamer, weichen dem Hindernis aus. Großaufnahme Gesicht. Er blutet aus Mund und Nase. Lange, unbewegte Einstellung. Dann öffnet er auf einmal die Augen, rappelt sich wieder auf. Er wischt sich das Blut ab, geht weiter. Genau wie zuvor. Brabbeln, Fluchen. Er geht. Du siehst ihn, amerikanisch, von hinten. Dann rast ein Auto frontal auf ihn zu. Er knallt auf die Motorhaube, wird runtergeschleudert, das Auto fährt weiter. Er muss tot sein, mindestens schwer verletzt. Der Mann liegt erst mal da, aber wie vorher rappelt er sich auf. Und geht weiter. Mitten auf der Fahrbahn.

Ein Auto, Jugendliche drin, verlangsamt die Fahrt, bei ihm rufen sie: ‹Hey, was machst du. Geh weg. Komm runter von der Straße. Oder sollen wir dich ein Stück mitnehmen, Alter?›, und so Zeug. Er reagiert nicht. Fluchen, Brabbeln, Fluchen. Sie fahren weiter. Bremsenquietschen, peng! Jemand hat ihn von der Seite erwischt. Keiner hält, er liegt, wieder steht er auf. Er zieht die Jacke aus. Er trägt nichts darunter. Er wirft seine Jacke weg. Sie kommt unter die Räder. Sein nackter Rücken. Er geht. Brabbeln, Fluchen. Er geht. Jetzt kommt von hinten ein Auto. Er geht, hebt plötzlich die Arme. Das Auto rast auf ihn zu. Dann bleibt er stehen. Die Karre fährt gegen ihn – rums, wie gegen eine Wand. Er steht. Das Auto zusammengeklumpt, Totalschaden. Rauch.»

Rien schenkte nach. Plötzlich ging es um Betti.

«Was ist denn eigentlich so besonders an dir, dass Kristl dich mir nichts, dir nichts mitgenommen hat? So was sieht ihr gar nicht ähnlich.»

«Sie wohnt in einem Schloss», antwortete Christine, «Château … Périgot?»

«Weißt du eigentlich, dass du ein bisschen aussiehst wie Catherine Deneuve?», fragte Rien. «En miniature.»

Betti wusste nicht, ob das als Kompliment gemeint war, ihr fiel zu diesem Namen gerade kein Gesicht ein. Einen Moment zu spät sagte sie: «Danke.»

Er grinste. «Erzähl mal was von dir, Fräulein Geheimnisvoll. Welches Schicksal hat dich denn über diesem Nest abgeworfen, wo die Kristl dich aufgelesen hat?»

«Portbou», sagte Betti.

«Portbou», wiederholte er.

Plötzlich saßen ihr die beiden gegenüber wie eine glasäugige Prüfungskommission.

«Mein Vater», fing sie an und spürte, wie der Druck sie befreite. Sie musste aufstoßen. «Mein Vater trainiert die Nationalmannschaft.»

Kurz musste es sacken. Das Glas war leer. Hatte sie nicht alles seit Nizza durchgespielt? Hundertmal im Halbschlaf. Ein Leben würde das andere ergeben.

«In Monaco? Was für ein Nationalteam?», fragte Rien.

Christine wollte nachschenken, aber die Flasche war leer.

«Kapitalismus? Reiche-Säcke-Nationalmannschaft?», fragte Rien in gespielter Entgeisterung auf dem Weg zum Sekt. «Was soll dieser Zwerg von Staat für ein Nationalteam haben?»

«Schwimmen. Das weiß immer keiner. Schon Rainier III. hat sich Profis als Trainer ins Land geholt, schon Ende der Fünfziger. Dann hat er ein Riesenschwimmstadion mitten in den Yachthafen gebaut. Monaco ist im Schwimmen dann immer ziemlich vorn gewesen.»

«Echt?»

«Ist auch nicht so wichtig ... ich erzähl meine Geschichte lieber nicht.» Sie hatte schlecht angefangen. Ihr Mund war trocken. Was, wenn sie aufflog?

«Du weißt, wie du's spannend machst», meinte Christine.

«Ich erzähl meine Geschichte lieber nicht», machte Rien Betti piepsend nach, «so fangen alle guten Geschichten an. Welches Publikum sagt denn dann: ‹Einverstanden, okay, dann lass mal›? Raus damit, Prinzessin! Beichte, September im scharlachroten Pullover!»

Sie ließen ihr keine Wahl.

«... okay», begann sie wieder, «ich hätte anders anfangen sollen ... Mein Vater hat jedenfalls sein Leben lang als Trainer gearbeitet. Er war mal polnischer Meister, 1967. Er ist in Wrocław aufgewachsen, in Breslau. Ein Jahr später ist er nach einem Wettkampf hiergeblieben, ich meine, in Deutschland, im Westen. Egal. Tischtennis war sein Leben. Letztes Jahr bekam er das Angebot aus Monaco. Mit Mitte fünfzig. Ich hatte gerade das Abi und bin mitgegangen. Eigentlich hattet ihr ja nach Portbou gefragt ... also, die Entscheidung war totaler Mist. Ich meine, meine, für Monaco. Die Entscheidung, mitzugehen. Von da bin ich in Portbou gelandet.»

Ihr Mund war trocken, aber sie kam nicht auf die Idee, zu trinken.

«Ganz ruhig. Calm down, September», sagte Rien.

Bestimmt würde diesmal keiner bei ihrer Geschichte einschlafen. Auch Christine glotzte erwartungsvoll.

«Die Entscheidung war Mist. Mein Vater hat ununterbrochen zu tun. Ich blieb immer allein, bin nie richtig angekommen. Keine Ahnung, wie man da leben soll. In Monaco. Kennt ihr Meerschweinchenrennen?»

Beide zuckten mit den Schultern.

«Es lag schon auch an mir. Ich hab einen Französisch- und einen Italienischkurs angefangen. Aber ich ging nur selten hin. Ich hab in einem Café gejobbt, wo man ein Diadem zu einer Grace-Kelly-Schürze tragen musste. Ich hab's gehasst, es hat mich jeden Tag gewundert, dass sie mich nicht rausgeschmissen haben. Vielleicht, weil die deutschen Gäste mein Deutsch gefreut hat. Das Schlimmste war: Ich hab einfach keinen kennengelernt. Einmal mit einem Kollegen. Danach war ich noch einsamer.»

«Ein Fick» hätte sie gerne statt «einmal» gesagt, sich aber nicht getraut. Die zwanzig Finger ihrer Zuhörer beschäftigten sich mit Zigaretten, Gläsern, Kerzenwachs. Betti sah alles, aber sie war zu wenig anwesend, um den Rest Sekt auszutrinken.

«Meine Freunde wollten mich besuchen, hatten es versprochen, aber keiner kam. Treu war mir nur meine Brieffreundin. Sie hieß Betti. Eigentlich Elisabeth. Den Spitznamen hat sie von mir. Ich habe ihn ihr mal in einem Brief gegeben. Danach haben alle sie so genannt, glaube ich. Ich meine, wir kannten uns nicht persönlich, jedenfalls haben wir uns nie getroffen. Sie kam aus Warendorf. Mal gehört?»

Christine schüttelte den Kopf, Rien nickte überraschend. Betti machte weiter.

«Ihre Briefe waren pünktlich wie eine Atomuhr. Pünktlich, weil sie mir immer innerhalb von zwei Tagen antwortete. Nie später. An jeder Unregelmäßigkeit – ich ließ mir Wochen, manchmal Monate Zeit – war immer ich schuld.»

«Wo hast du denn vor Monaco gewohnt?», wollte Rien wissen.

«In Köln», antwortete Betti routiniert. Sie wohnte ja jetzt schon länger, wo sie nie gewesen war. «Am Anfang war an diesem Briefwechsel eigentlich auch gar nichts Besonderes. Brieffreundinnen waren in Mode bei uns, mit dreizehn oder vierzehn. Fast alle in der Klasse hatten eine. Betti und ich schrieben uns aber noch, als die Mode vorbei war. Vielleicht fanden wir das schick. Oder ich traute mich einfach nur nicht, die Sache zu beenden. Wie bei diesen Kettenbriefen: Wenn du nicht genau neunundneunzig Personen den Brief weiterleitest, geschieht ein Unglück. Kennt ihr das? Anfangs waren Bettis Briefe auch noch interessant. So mit Kinderaugen gelesen, vielleicht. Ich meine, solange die gleichen Hobbys noch interessanter sind als zum Beispiel diese Frage: Klingen die Tischtennisschuhe in Bettis Dreifachturnhalle wie Vogelgezwitscher, während es bei uns bloß quietscht? Äh, könnt ihr mir noch folgen?»

«Nein», sagte Christine, sie grinste Rien an. Die Geschichte begann ihnen anscheinend zu gefallen.

«Wir spielten beide Tischtennis, Betti und ich. Wir waren beide keine guten Schwimmerinnen. Aber ich wollte eigentlich sagen ... mich zog es hin zum Gezwitscher. Ich meine, mich interessierten die Unterschiede. Und Betti wurde mir einfach zu langweilig. Aber noch viel langweiliger wurde ich mir selbst. September Nowak war die stinklangweiligste Brieffreundin der Welt. Also begann ich, Dinge zu erfinden. Ich fing an mit Kleinigkeiten, Schmuck oder Schminke. Dann kam bald das Fohlen, das ich mir immer gewünscht hatte. Dann ein Motorroller zum Geburtstag. Langjährige beste Freundinnen. Partys mit Jungs mit Socken an den ... Schwänzen.»

«Bist du Chili-Peppers-Fan?», fragte Rien.

«Nein, mir hatte mal wer von so was erzählt ... und so was schrieb ich dann. Ich nahm zu, bekam Probleme mit der Kniescheibe, litt unter schrecklichen Ferienjobs. Dann machte ich Diät, spielte plötzlich eine silberne Trompete.

Ich ließ meinem Vater einen Schnäuzer wachsen, hatte eine böse Stiefmutter und eine große, glückliche Liebe. Sogar eine Ausbildung zur Krankenschwester fing ich an und brach sie wieder ab. Es war nicht so, dass ich absolut gar nichts davon wirklich erlebt hätte. Aber meine Briefe waren einfach unterhaltsamer, glaube ich, zumindest besser erzählt als mein Leben … eine große Sache war das aber eigentlich nicht. Wie gesagt, ich schrieb unregelmäßig. Und ich sprach kaum darüber, machte aber auch kein Geheimnis daraus. Betti antwortete immer pflichtbewusst. Die blöde Kuh glaubte alles. Nie kam später als vier, fünf Tage nach meinem Brief ihre langweilige Antwort.

Als ich dann nach Monaco zog, wurde sie mir aber plötzlich wichtig … von Woche zu Woche immer wichtiger, in diesen löchrigen Tagen … dass euer Leben eigentlich jemand anders erfindet? Kennt ihr das Gefühl? Und zwar ein eher schlechter Erfinder? In Monaco erwartete ich jedenfalls sehnsüchtig Bettis Briefe und schrieb ihr immer am gleichen Tag zurück.»

«Von deinem Schloss und so?», fragte Rien.

«Das ist jetzt real, oder?», fragte Christine.

Betti musste lachen. Selten hatten ihre Worte so viel Schnitt gehabt.

«Betti war naiv. Sie glaubte auch, dass ich im Schloss wohne. Aber Château und Palais und so heißen in Monaco nur die Hochhäuser. In so einem wohnen wir. Allerdings auf dem Dach, in einem Penthouse. Ich habe das nie richtiggestellt, Betti gegenüber. Tatsächlich hatte ich mir um unser Schloss herum einen traumhaften Park ausgedacht, mit einer hohen Mauer und einem Tischtennisplatz über dem Meer. Unter Pinien und mit diesem tollen Duft. Ich hab zu der Zeit einen italienischen Roman gelesen … Auch meinen Job habe ich schöner gemacht. Das ‹Shangri-la›, wo ich kellnerte, war plötzlich bekannt für seinen verkohlten Fisch und die berühmten Gäste, U2 und so. Postwendend kam auch mein hinreißender Kollege namens Jacques mit mir zusammen. In Wirklichkeit hieß er anders, und sein größtes Problem waren die Geheimratsecken, aber bestimmt nicht die kleine Deutsche, die sich nach diesem einen Fick wie verrückt in ihn verliebt hatte … Aber als Jacques führte er mich in die seltsamsten Clubs, ich lernte all seine Freunde kennen, er zeigte mir das wahre Monaco, wo man auch ohne Geld glücklich war. Immer wenn ich genug hatte, verschwand ich auf die Kismet. So nannte ich das Boot meines Vaters und seines besten Freundes. Der war der einzige wirkliche Star im Schwimmteam. Ich erfand für ihn schon keinen Namen mehr. Die meisten Orte, an die die Kismet mich brachte – Galbinio, Solent, Isola Santo Giulio und so weiter –, hab ich mir einfach ausgedacht.»

«Kennt man den?», fragte Rien.

«Wen?»

«Diesen Star.»

«Ist doch auch nur erfunden.» Christine lachte.

«Vor zwei Wochen stand Betti vor unserer Tür», sagte Betti.

Zwanzig Finger hielten inne.

«Ich war ein paar Tage allein. Beim Klingeln zuckte ich richtig zusammen, bei uns klingelt es eigentlich nie. Die Post holt man unten beim Concierge. Ich machte auf, und da stand ein Mädchen mit Reisetasche. Noch bevor sie etwas sagte, erkannte ich sie. Ich meine, sie sah überhaupt nicht aus, wie ich sie mir vorgestellt hatte. Außerdem hatte ich schon vor Jahren ein Fotoverbot verhängt. Das war vielleicht ein Schock. Ich weiß gar nicht mehr, was sie zuerst sagte. Vor allem ihre Ausmaße schockten mich. Sie kam mir riesig vor, dabei war sie eigentlich klein. Nur ein kleines bisschen größer als ich. Aber was wirklich an ihr nicht stimmte, war was ganz anderes. Sie war fett. Ich meine fett, nicht dick. Richtig fett. Richtige Elefantenoberschenkel. Speckschürze heißt, glaube ich, so ein Hängebauch hinterm Hosenbund.

Ich bat sie einfach herein. Ihre Klamotten rauschten, als sie sich umständlich einen Platz für ihre Tasche suchte. Dann fragte sie ‹Darf ich?› und umarmte mich. Ich drückte sie vorsichtig. Sie war weich. Und sie roch überraschend unekelhaft. Eigentlich sogar gut, aber ich weiß nicht mehr wie. Wir standen lange so da, glaube ich, vor der offenen Tür. Ich hatte die Vorstellung, sie flöge mir, wenn ich sie jetzt wieder losließe, wie ein Luftballon um die Ohren.

Natürlich passierte dann nichts. Sie schaute sich nur um. ‹Das ist das Château?›, fragte sie sanft. Ich wich der Frage aus, indem ich ihr die Dachterrasse zeigte. Sie bestaunte nur den Blick auf die Häuser und das Meer und sagte nichts weiter. Ich machte Kaffee. Hunger hatte sie auch.

«Wie?», meinte Rien. «Sie sagte nichts weiter?»

Auch Christine guckte misstrauisch. Aber Betti wusste jetzt endlich, wie es mit Betti weiterging.

«Ich war natürlich beschäftigt mit der Vorstellung, sie würde endlich explodieren, losschreien, mich vom Balkon schmeißen. Und ich musste erst mal verarbeiten, wie unglaublich sie aussah. Dabei lief unser Gespräch immer besser. Ich meine, wir zwei am Kaffeetisch, das war ja unser Unhappy End. Aber Betti lächelte die ganze Zeit und vermied es offensichtlich, meine Lügen anzusprechen. Also fragte ich auch besser nicht nach dem Grund ihres Besuchs. Und erst recht nicht, warum sie plötzlich eine solche Tonne war oder warum sie mir das immer verschwiegen hatte. Völlig harmlos erkundigte sie sich nach meinem Vater und nach meiner Stiefmutter, nach Jacques und nach meiner letzten Erfindung Danielle, einer Tänzerin, die Ärger mit ihrer russischen Ballettlehrerin hatte.

Und ich stellte fest, dass ich genauso spontan wie in meinen Briefen lügen konnte, wenn ich einfach eine Erfindung in die nächste wickelte. Dabei dachte ich aber die ganze Zeit: Die stellt sich doch nur blöd, und sie tut's ganz unverhohlen. Jedes Lächeln, jedes schwabbelnde Nicken und Kopfschütteln sah übertrieben echt aus.

Dann war ich dran und fragte sie nach ihrem Leben aus. Plötzlich, schlagartig, war ich überzeugt, dass Betti sich ihre ganze Durchschnittlichkeit von Anfang an auch nur ausgedacht hatte. Zum Beispiel ihren Dackel Hexchen. Das Tischtennis. Vor zwei Jahren ihren dritten Platz bei der Kreismeisterschaft im Doppel. Erst recht ihren ewigen Freund Markus und sein verficktes Blasorchester der freiwilligen Feuerwehr. Elisabeth … Lauban. Vielleicht sogar ihren Namen.

‹Was ist?›, fragte sie.

‹Nichts›, antwortete ich.

Sie: ‹Ich find's übrigens doch echt Wahnsinn, wie ähnlich wir uns sehen.›

Diese Dreistheit verschlug mir den Atem. Betti war mir von Anfang an mit unserer angeblichen Ähnlichkeit auf die Nerven gegangen, das war der Hauptgrund für mein Fotoverbot gewesen. Und jetzt war sie auch noch, ich weiß nicht, sechzig, siebzig Kilo schwerer als ich ... und doch stimmte es irgendwie. Eigentlich hatte ich es gleich gesehen. Unter all dem Speck sah Betti mir ziemlich ähnlich. Es ließ sich jetzt kaum noch bestreiten.

‹Quatsch›, sagte ich. Ich schlug einen Spaziergang vor. Ohne Stopp raste der Aufzug mit mir und meiner schweren Freundin die dreißig Stockwerke abwärts. Im Foyer schwärmte sie für die weißen Möbel in den Schaufenstern. Sie zog eine kleine Kamera aus ihrer winzig wirkenden Handtasche. Da fiel mir auf, dass auch an Betti alles weiß war, bis hin zu Haarband und Turnschuhen und ihren strahlenden Zähnen, auch wenn ihre Lippen sehr rot waren. Sie hatte ein helles, schönes Lachen, das ließ sie hören, als sie mich knipsen wollte und ich mich zierte und wegdrehte. Draußen las Betti laut die goldene Schrift über der Drehtür vor: ‹Château Périgord I.› Ihr naives Staunen war perfekt gespielt. Dann gingen wir los. Sie rauschte neben mir. Trotz allem war es schön für mich, versteht ihr? Sehr schön sogar, vor Auslagen stehen zu bleiben, mit hohen Torten zum Beispiel, sie zählte die Stockwerke. Oder beim Blumenhändler vor einem wahnwitzigen Vulkanausbruch aus roten und orangen Blumen, den ich ohne Betti keines Blickes gewürdigt hätte.

Sie bestand darauf, mich zum Essen einzuladen. Ich sah ihr an, dass der Preis sie erschütterte. Doch war es für sie anscheinend Ehrensache. Spätestens in dem Restaurant hatten sich unsere Gespräche auch irgendwie schon in eine feste Umlaufbahn gependelt. Danach spazierten wir weiter, redeten, phantasierten, bis wir aus einer Seitenstraße Kindergeschrei und aufklatschende Bälle hörten. Es kam aus einer Sporthalle, die Glastür stand offen. Völlig unpassend zur Geräuschkulisse stand dort in einem Vorraum eine Tischtennisplatte, als ob sie auf uns wartete, wie ein grünes Stillleben mit zwei Schlägern und Ball. Wir guckten uns nur an und schlichen sofort hinein. Drinnen, ein Stockwerk tiefer unter einer Brüstung, spielten die Kinder Basketball. Die Platte stand auf einer Art Balkon. Gleich Bettis erste Angabe erwischte ich nicht, in dieser Hinsicht hatte sie offensichtlich nicht gelogen, sie spielte gut. Ihr Fett war ihr kaum eine Last. Anfangs schubsten wir noch vorsichtig, damit uns nicht der einzige Ball nach unten weghüpfte. Dann fing sie an zu zählen. Und jetzt spielte sie tatsächlich Angriff, wie sie immer behauptet hatte. Erst blieb sie vorne, bewegte sich wenig. Aber es war unglaublich, sie bekam alles und schoss es wie der Blitz zu mir zurück. Dann wieder sprang sie überraschend, als hinderte sie nicht das Geringste, in die Topspins und zwang mich ein, zwei Meter weit hinter den Tisch. Wenn ich zu wenig Schnitt unter den Ball bekam, pfefferte sie ihn mir um die Ohren. Wir kämpften, wir schwitzten beide. Ich fluchte, wenn ich einen Punkt verlor, sie nie. Komischerweise lag ich dennoch knapp in Führung, kurz bevor der erste Satz zu Ende war. Da erwischte Betti den Ball mit der Schlägerkante und schlug ihn vom Balkon. Wir waren gleichzeitig am Geländer. Ein Mädchen unten entdeckte ihn und steckte ihn in die Tasche ihrer Tennishose. Erst dann sah sie herauf, fast war sie in unserem Alter. Ihren französischen Rauswurf kapierten wir sofort.

Draußen war ich plötzlich total aufgedreht. Wegen meines Fastsiegs vielleicht, keine Ahnung. Im Überschwang dachte ich mit einem Mal, ich sollte – ich könnte diese Bettisache einfach jetzt mit einem Satz abbrechen.

‹Morgen fahr ich nach Barcelona›, sagte ich. Ich hatte überhaupt nicht darüber nachgedacht. Ich wär in Barcelona ja auch nur etwas schicker allein gewesen.

‹Kann ich mit?›, fragte Betti sofort. ‹Klar›, sagte ich.»

«Hä?», fragte Rien. «Wieso das jetzt wieder?»

«Weiß ich ja selbst nicht ... ich war so hin und her gerissen. Ich genoss das ja auch, ihre seltsame Gegenwart. Als wäre meine Schwester zu Besuch, wisst ihr? So eine, mit der man sich immer bekriegt, und dann ist man sich doch so ganz selbstverständlich, dass man gegenseitig durch sich durchgeht wie Luft. Ich meine, ich hatte nie eine Schwester.»

«Da hast du aber ziemlich romantische Vorstellungen», sagte Christine. «Aber erzähl weiter.»

«Ich mach mal weiter mit dem Zug. Unser Abend hat dann nämlich nicht mehr lang gedauert. Betti war müde von der Fahrt. Trotzdem bin ich früh aufgewacht, weil sie schon duschte. Wir sind zu Fuß zum Bahnhof, sie wieder in ihrem rauschenden Weiß. Im klapprigen Frühzug hatten wir lange ein Abteil für uns. Es war heiß. Betti stand die meiste Zeit am offenen Fenster, einmal behauptete sie, Flamingos zu sehen.

Mir dröhnte der Schädel. Der ganze Wahnsinn dieser Reise hatte mich am Morgen geweckt wie ein Schlag. Dabei war ich völlig ruhig eingeschlafen. Betti wirkte so klar und aufgeräumt, genau wie am Vortag. Während sie hinausschaute, kauerte ich da in meiner Jacke, als wäre mir kalt. Ich fühlte mich von einer neuen Lüge wie an den Sitz genagelt. Ich hatte nämlich erzählt, in Barcelona würde uns die Kismet erwarten. Als Betti das Fenster hochschob und sich setzte, sah sie dann plötzlich umwerfend gut aus in ihrem nichtssagenden weißen T-Shirt, ihr Mund immer röter, ihre Augen immer blauer. Ich kam mir ganz hässlich und verhungert vor. Aus Not fing ich wieder an zu reden. Und aus Phantasie.»

«Der Muskel der Seele», unterbrach Rien. «Von wem ist das?» Niemand reagierte.

«Jedenfalls, ich verstrickte mich immer mehr, hatte ich das Gefühl. Betti schaute mich nur erwartungsvoll an. Sie trieb mich in die Enge mit ihrer Einfalt. Oder mit ihrer Unschuld.»

«Adorno, Benjamin? ... Seelepopeele ... Schneider, Helge ... scheiß drauf. Sorry. Hier ...»

Betti nahm seine Zigarette. Jetzt trank sie ihr Glas leer. Rien gab ihr Feuer.

«Betti sagte die ganze Zeit fast nichts mehr, aber einmal fragte sie völlig ohne Zusammenhang: ‹Hast du eigentlich noch einen Zweitnamen?› – ‹Du?›, fragte ich zurück, um Zeit zu gewinnen. Ich vermutete stark, dass ich mir selbst mal irgendeinen gegeben hatte, wusste aber im Moment nur, Betti hatte keinen.

‹Nein›, antwortete sie.

Also ging ich auf einen Trip zu meinen zweiten, dritten und vierten Vornamen, fing schlecht an mit Delphine, glaube ich, nur um, falls sie sagte: ‹Ich dachte April›, oder so, antworten zu können: ‹Klar, ach, April hab ich vergessen!› Und ich log weiter, immer weiter, bis mir die Zunge verfaulte. Als endlich ein älteres Paar zustieg, war ich froh. Aber die beiden konnten natürlich kein Deutsch, sie hielten mich also auch nicht im Zaum.

Irgendwann mussten wir umsteigen. Endlich. In Portbou. Wir hatten zwei Stunden Aufenthalt. Wegen der anderen Spurbreite in Spanien. Deshalb ist der Bahnhof von Portbou so riesig. Wir gingen ins Bahnhofscafé, und als wir bestellt hatten, starrte Betti auf die Wand hinter mir. ‹Guck mal›, sagte sie. Da hing ein seltsames Seestück. Ich habe es mir später noch oft angesehen.»

«Ein was?», fragte Christine.

«Ein Seestück. Einfach ein Meerbild, mit Schiff, Wellen, Himmel und so. Wir mussten in Kunst mal Seestücke aus der Phantasie malen. Das Ölbild da im Bahnhofscafé war auch nicht viel besser als das, was wir so hingekriegt haben. Es war ein Schnellboot mit Skifahrern und zugleich eine Familienszene: Papa, Mama, Tochter auf dem Boot und die Söhne auf den Wasserskiern.

Ich musste aufs Klo. Es tat so gut, dort allein zu sein. Dann kam die Verzweiflung wieder, ich saß in der Falle. Am liebsten hätte ich mich selbst runtergespült. Schließlich, beim Händewaschen, entschloss ich mich, dem Spuk ein

Ende zu setzen. Aber als ich zurückkam, stand nur noch mein Gepäck am Tisch. Unsere Getränke waren serviert. Betti hatte das Geld für ihren Kaffee auf den Tisch gelegt. Ich schwang mir sofort den Rucksack auf den Rücken, anscheinend so panisch, dass mich der Kellner aufhielt. Aber als ich bezahlt hatte, setzte ich mich wieder. Ich hab nicht nach ihr gesucht. In der Nacht träumte ich, ich hätte irgendwo auf den Gleisen Bettis leere Hülle gefunden, einen riesigen, kaputten Ballon. Danach blieb ich in Portbou, bis Christine mich fand.»

«Betti war einfach weg?», fragte Rien. Betti nickte.

«Total Psycho», meinte er.

Christine sagte nichts.

«Beim Auspacken später fand ich eine Plastiktüte mit all meinen Briefen in meinen Rucksack gestopft.»

«Psycho», sagte Rien nochmal. «September, sag mal, du bist selber aber auch ein ganz schöner Freakobert.»

«Danke.»

Vielleicht wusste Rien nicht, ob er es als Kompliment gemeint hatte. «Kristl, Kristl, wen hast du uns da bloß ins Nest gesetzt?»

Christine schwieg.

«Ich muss pissen», meldete Rien. «Ich hoffe, ihr zwei seid nicht auch einfach verschwunden, wenn ich wiederkomme.»

Christine zündete sich eine Zigarette an und goss nach. Wieder war die Flasche leer.

«Und was von der Geschichte sollen wir dir jetzt glauben?»

Betti stürzte ihr Glas hinunter, stocknüchtern.

«Du hast ziemlich viel Gepäck dabei für ein paar Tage Barcelona», sagte Christine, ohne sie anzusehen, auf dem Weg zum Kühlschrank.

Betti fühlte sich, als wäre sie, bis ihr schlecht war, gerannt. Sie war genauso hohl wie in ihrer Geschichte. Nichts fiel ihr ein, was nicht bloß eine stotternde Rechtfertigung gewesen wäre.

Aber auf dem Rückweg grinste Christine.

«Da hab ich mich aber ganz schön verschätzt in dir.»

Sie zweifelte vielleicht an ihren Zweifeln und schielte ein wenig. Betti war jetzt doch schwindelig. Christine ließ den Korken knallen, goss allen ein. Rien kam zurückgetanzt, ohne Musik. Sie hoben die Gläser.

«Maseltov», sagte Betti. Sie ging hinüber zur Hängematte und setzte sich quer hinein.

«Schlaf nicht ein. Du hast schon gezuckt, September. Und dein Glas verschüttet. Der schöne Pullover.» Rien zog sie an der Hand aus der Matte. Die Musik, mit der die Nacht begonnen hatte, dröhnte wieder. Er bugsierte sie hinaus auf die Wiese, wo Christine schon tanzte. Sie tranken aus der Flasche.

«Ich bin besoffen», rief Betti.

«Ich auch», antworteten die beiden wie aus einem Mund, mussten lachen, küssten sich. Ihre Tanzfläche war uneben und hart vor Trockenheit. Halme tippten an Bettis Beine wie Grashüpfer.

Christine schrie: «Ich mach mal das Licht aus.»

Wenn Betti sich drehte, waren die Lichter der Sterne das, was selbst die größte Discokugel nur imitiert. Plötzlich war es wieder hell, und Christine lag im Gras. Rien kam im Laufschritt aus der Hütte, beugte sich über sie, streichelte ihr den Kopf. Sie redeten, Betti konnte nichts verstehen.

«Christine ist fertig. Sie hat sich den Knöchel umgeknickt», rief Rien. Er half ihr auf, umfasste sie, einen Arm legte sie auf Bettis Schultern. Schief lächelnd humpelte sie zwischen ihnen zur Hängematte. Betti hetzte zum Player und drückte Knöpfe, bis die Musik endlich aus war. Rien schaukelte Christine sanft. Sie atmete ruhig und schien eingeschlafen zu sein.

«Ein Lied noch», sagte Rien zu Betti, er flüsterte fast.

«Ich bin auch müde.»

«Komm, ein Lied noch. Ich weiß eins, von dem sie nicht wach wird. Und wenn, ist sie glücklich.»

«Ist sie denn okay?»

«Ich kenn das. Geh schon mal raus.»

Rien wechselte die CD. Als er das Licht wieder gelöscht hatte und zu ihr kam, setzte eine Harfe ein, dann eine seifige Melodie, Walzer. Ein Sänger begann. Rien schaute neben ihr ins All.

«Und?», fragte er.

Sie sagte nichts.

Ohne hinzusehen, griff er nach ihrer Hand, schwang sie sanft im Refrain, ließ nicht los, als der Song vorbei war. Da begann die Harfe von vorn. «Ich hab auf Repeat gestellt.» Er drehte Betti zu sich hin – «Darf ich?» –, legte ihr den Arm um die Taille und wiegte sie langsam hin und her. Sie spürte seinen Bauch.

«Caddy Joe, Caddy Joe», sang Betti leise mit.

«Das heißt Paddy! Paddy Joe, say Paddy Joe, don't you remember me? How long ago one gorgeous night we let the stars go free?»

«Es ist ein Walzer», sagte sie.

«Okay. Du führst.»

Wie selbstverständlich begann sie mit dem Dreischritt. Aber auf dem unebenen Boden kamen sie nicht weit. Er gluckste merkwürdig und steckte sie damit an, sie schafften ein, zwei Drehungen. Dann stolperten sie, mussten lachen, wieherten geradezu, steigerten sich hinein und stürzten noch zweimal, bis sie aufhörten. Ihr war nicht schwindelig. Das Lied begann aufs Neue.

«Vögelchen», sagte er. «Du riechst nach Christine und nach dir.»

Er brachte sie wieder in Position, dann legte er ihr sein raues Gesicht an den Hals. Seine Lippen, seine Zunge zwischen den schmirgelnden Stoppeln, auch sein Haar fiel ihr an die Haut. Das Parfum, mit dem er sie schon begrüßt hatte. Sein Tanzgeruch, Schweiß und ein Duft wie nach feuchtem Hund, den man liebt. Der Gestank seiner Gemeinheit und von widerlichen zwanzig Jahren Unterschied, oder mehr. Er steckte ihr seine Zunge in den Mund, suchte in ihr herum und fand Betti. Sie blühte auf wie eine Nachtkerze. Rien schaufelte seine Hände unter Christines Pullover und Bettis T-Shirt, grub sie in Septembers Haut, weich wie Wachs. Es packte ihr Herz. Eine Hand blieb auf einer Brust, den Nippel zwischen Daumen und Zeigefinger, die andere legte er innen an den Schenkel und schob sie umstandslos hinauf. Er nahm etwas Abstand, blickte sie an. «Du bist ja klitschnass.» Da war sie schon lautlos und ohne zu zittern gekommen. Betti sagte nichts. Die Musik machte Pause. Rien begann sie wild zu küssen und zog ihr den Slip runter.

«Rien?» Christines Stimme.

Wieder begann der Song. Rien löste sich, tat einen Schritt weg, schwankte, stopfte seine geballten Hände in die Hosentaschen und drehte sich um.

«Christine?» Lauter: «Christine? Alles klar?»

Nichts. Die Hängematte hing reglos fast bis zum Boden. Christine träumte still in ihrem Kokon. Rien stapfte los. Betti zog sich den Slip hoch. Sie wandte sich ab. Der Himmel über den Kiefern war schon blau.

# VIII

Als sie erwachte, erinnerte sie sich nicht genau, wie sie in die Scheune und ins Bett gekommen war. Die Taschenlampe steckte in ihrem Schuh und brannte immer noch. In ihrer Schläfe pochte es, sie hatte Durst.

«Guten Morgen ... Guten Morgen.»

Als Betti ihr endlich geantwortet hatte, lief Josie aus dem grellen Rechteck der Tür direkt auf die Lampe zu.

«Fast ist die Batterie leer», stellte sie vorwurfsvoll fest. Jack, dicht hinter ihr, knipste die Lampe ebenfalls an und wieder aus. Er fand nichts Interessanteres und verschwand wieder. Josie saß an Bettis Fußende.

«Kommst du mit zum Strand?»

«Wie spät ist es denn?»

Es klopfte an die offene Tür, Christines Schattenriss. «Ausgeschlafen?», fragte sie.

«Mama hat draußen geschlafen, in der Hängematte!», rief Josie.

«Heut in der Früh bekam ich das Kreuz kaum wieder gerade, als die Kinder anmarschiert sind.»

«Und du?»

«Nicht so gut ... du humpelst ja.»

«Halb so schlimm. Links bin ich ein bisschen empfindlich.»

«Wie spät ist es denn?.»

«Rien Schmidt joggt bereits. Bald Mittag. Wenn du magst, komm nach dem Frühstück doch mit uns ans Meer.»

Bettis Croissant war köstlich, aber sie brachte nur zwei Bissen hinunter. Rien trug jetzt eine randlose Brille, die seine Augen vergrößerte, er war geduscht und frisch rasiert. Mit den Händen kämmte er sich feuchte, grau werdende Strähnen aus dem Gesicht. Er hielt ihr Zigaretten hin, klopfte seine vor dem Anzünden auf den Tisch und lehnte sich zurück. Seine Lippen ekelten sie an.

«Geht's?», fragte er gelassen.

Ihr fiel ein, dass sie es sich gestern vor dem Einschlafen noch einmal selbst gemacht hatte.

«Ich hör das Meer rauschen.»

«Das kannst du nicht, Papa», widersprach Josie. «Das sind mindestens zehn Kilometer.»

«Deine Ohren sind nur zu klein.»

Im Auto tat es Betti trotz ihrer Kopfschmerzen gut, hinten bei den Kindern zu sitzen. Josie schien im Kaugummikauen aufzugehen, Jack war gleich eingeschlafen. Die hauchdünne Wolkendecke streute das Licht in alle Winkel. Auch das Land war wie Kaugummi in die Länge gezogen, um Platz zu schaffen für die Sehnsucht. Josie ließ eine Blase platzen.

Moliets hieß der Ort, den Rien ansteuerte. «Das wird deutsch ausgesprochen, mit ts, ist hier das Idiom. Nicht Moliés», erklärte er.

Sie fanden einen Platz in einer vollgeparkten Senke und zogen mit anderen Urlaubern die Düne hinauf. Die

Straße war gesäumt von Eis- und Waffelbuden und so vielen buntlackierten Kleinkarussells und Krimskramsautomaten, dass Jack und Josie bald des Bettelns müde wurden. Dann lagen auf einmal Schaumfetzen auf dem Weg. Die Kinder ließen sofort ihr Spielzeug bei den Eltern, tappten in den weißen Blubber und begannen eine Schlacht damit. Auf einem kleinen Platz am Kamm der Düne wurde für eine abendliche Schaumdisco geprobt. Vor Aufregung bemerkten sie den Atlantik gar nicht, den man von hier aus nun sah, Betti zum ersten Mal im Leben. Sie wollte es rauschen hören, aber eine ohrenbetäubende Volksmusik war losgegangen. Erst als sie die Düne herabkamen, hörte sie das Meer: Wogen schoben an den Strand, türmten sich auf und schlugen wie eine Peitsche in den Sand.

Sie liefen den Strand entlang, Riens Ziel war eine besondere Stelle, wo ein Fluss ins Meer mündete. Mit den Kindern ging es nur schleppend voran im überraschend heißen Sand. Die Nacht hing Betti so nach, dass sie sich, endlich an dem ruhigen Ufer angelangt, gleich etwas abseits auf ihr Handtuch legte. «Wo ist denn dein Bademantel?», fragte Josie noch.

Schweißnass wachte Betti auf, sie war mit Handtüchern zugedeckt. Jemand hatte sie getreten. Um sie herum Geschrei und Laufen und ein Geräusch, anders als das Meer. Ein hohes, pausenloses Brummen. Betti sprang auf. Der Himmel war grau vor Libellen. Abertausende. Millionen. Kein Mensch mehr am Ufer, ein paar waren in den Fluss gesprungen, ihre Köpfe schauten aus dem Wasser heraus. Die anderen sammelten sich in der Badezone, Männer in Badehosen mit verschränkten Armen bildeten ein Spalier.

Betti spürte die Tiere an ihren Schultern, ihr Haar wurde angeflogen. Sie duckte sich, stand wieder. Es waren nur vereinzelte Besucher. Der Schwarm flog höher, in vier, fünf Metern über dem Boden. Sie streckte die Arme waagerecht aus, die Handflächen nach oben, und türkis schwebten sie heran, zitterten in der Luft, als erwögen sie auf ihr zu landen, links oder rechts, zogen dann ruckartig wieder davon und machten den Bedenken der nächsten Platz. Betti hatte keine Angst. Ihr Paddelboot hatte «Metzler Libelle» geheißen. Ihr Vater hatte ihnen daheim auf der Ems die Angst vor der Ważka genommen. Sie steche nicht, hatte er Betti und ihren Bruder beruhigt, wenn eine heransurrte. Und was man sagt, sei nicht wahr. Dass sie dem Teufel die Seelen wiege.

Ein Jeep der Lifeguards blieb in einigem Abstand vor Betti stehen. Sie sahen her, stiegen aber nicht aus. Der Spuk währte nur Minuten, schlagartig war der Schwarm wieder weg, bis auf ein paar Verirrte, die den Anschluss verloren hatten. Die Brandung knallte ungerührt, wie zuvor. Alle Augen sahen der Libellenwolke hinterher, als sie nördlich abdrehte, wohin auch immer. Josie kam als Erste gelaufen.

«Haben die dir was getan?»

«Die tun nichts.»

«Guck mal.» Sie knieten sich vor ein Tier, das auf dem Bambushenkel von Christines Handtasche ausruhte.

«Die kann nicht mehr.»

«Libellen fliegen hundert Kilometer am Tag, oder mehr», sagte Betti.

«Aber die hier kann nicht mehr.»

«Hey, September! War dein Vater zufällig auch Imker?», rief Rien von weitem, den verheulten Jack auf dem Arm. Er setzte ihn ab, Jack hockte sich zu ihnen und der Libelle in den Sand.

«Als ich ein Junge war», sagte Rien, «gab's manchmal im Sommer solche Fotos in der Zeitung. Menschen, über und über mit Bienen bedeckt. Köpfe aus Bienen. Daran hab ich gedacht, als ich dich da stehen sah wie Jesus ... ist Kristl wieder aufgetaucht? Wo ist Kristl?»

Er lief los, aber Christine blieb vorerst verschollen. Als sie allein zurückkehrte, küsste sie ihre schon wieder in Ufermatschspielen versunkenen Kinder auf die Stirn.

Dann kam sie zu Betti. «Der Wahnsinn, nicht? Ich war gerade im Wasser, als es losging.»

«Rien sucht dich.»

«Tatsächlich? Ich habe im Getümmel einen Herrn kennengelernt. Der hat seit den Siebzigern ein Haus hier. So was hätt's noch nie gegeben, sagt er. Obwohl Libellenschwärme in Moliets ein recht bekanntes Wunder wären. Sogar eine hiesige Zitronentarte heißt nach ihnen, die Libelulle. Sie sieht aus wie ein Herz, sagt er, weil zwei Libellen sich bei der Paarung herzförmig krümmen. Er rief mir hinterher: ‹Ein gutes Omen. Die bringen Glück.› Rien. Ich geh ihn mal suchen. Bleibst du bei den Kindern?»

Beide kamen schweigend zurück. Rien zündete sich eine Zigarette an, ließ sich auf der Bastmatte nieder und schlug eine englische Illustrierte auf.

«Ich gehe ins Meer. Vielleicht dann noch spazieren», sagte Betti.

«Bleib im Badebereich», befahl Rien.

Drei Lifeguards standen direkt am Wasser. Mit Trillerpfeifen und abgeschnittenen Taucherflossen an den Händen winkten sie die Abgetriebenen zurück in die beflaggte Zone. Zwei hoben den Aufsichtshochsitz fünf Meter strandaufwärts, weg von der Flut. Mit dem Hass einer Möwe nahm der eine dann von oben die Badenden in den Blick. Das Wasser klappte an Land. Bevor sie fiel, stand jede Welle wie eine Wand, und für einen Moment sah man darin die Haut der Badenden, ihre Glieder und Badeanzüge, wie meterhoch in Gelee. Die Wucht des Aufpralls schien mörderisch. Aber so laut die Mädchen und Frauen auch jedes Mal kreischten, alle tauchten hinter der Gischt immer wieder auf und machten sich, die Augen Richtung Horizont, für den nächsten Lift bereit. Nie wurde jemand auf den harten Muschelsand geschleudert, es sei denn, er hatte die exakt falsche Sekunde für den Ein- oder Ausstieg erwischt. Einmal traf es eine schmale, ältere Dame, die sich dann taumelnd ihre Tränen verkniff.

Betti hatte einen Kater, Angst und keine Erfahrung, aber stürzte sich hinein, wie sie es zögernd etlichen Vorgängern abgeschaut hatte. Der Atlantik machte Pausen, und sie passte eine ab, tauchte kopfüber in den dunklen Berg, der gerade noch nur ein Buckel gewesen war, und teilte das kalte Wasser mit den Händen. Als sie auftauchte und ihre Augen wieder funktionierten, war sie bereits mitten im Kessel. Angst- und Freudenschreie neben ihr, ununterscheidbar. Sie alle drehten sich und wurden angehoben wie Korken, bis an eine vage Kante, über die man ums Verrecken nicht hinauswollte. Für eine Sekunde oder zwei auf der Spitze des flüssigen Aussichtsturms ließ sich der ganze Strand überblicken. Die Düne grün, in allen Farben Schirme und die kleinen, ungezählten Menschen, die jeden Sommer zusahen, wie Betti es gerade noch selbst getan hatte. Sie ruderten auf Höhe des Hochsitzes, verirrter Frisbees und Möwen vor dem Schaum. Endlich zog die Welle sie ihren vollendeten Rücken hinunter, ihre Füße berührten den Sand, und Betti fand sich neben einem Glatzkopf mit Haaren auf Brust und Schultern wieder, der «Merde» sagte, nochmal: «Merde», und einem molligen Mädchen, dem das Oberteil halb von den Brüsten gerutscht war. Betti rieb sich die Augen, schnäuzte sich unauffällig, zog sich den Badeanzug aus dem Hintern. Seitenblicke, Stolz unter Fremden. Da baute sich der nächste Gipfel auf, und jetzt schrie Betti wie am Spieß, strampelnd, auf ihrem Weg nach oben. Bevor die Woge brach, als sich der Anblick des buntgescheckten, weiten Strandes mischte mit ihrer Vorstellung, dass sie von dort aus wie die anderen durch einen rasenden, trübgrünen Vorhang sichtbar wäre, weiß und zappelnd, das war, wie soll ich anders sagen, Glück.

Betti kam gut heraus. Sie lief der Brandung davon, in die Zuschauer hinein. Schnaufend stützte sie die Hände auf die Knie, ließ die Haare in den Sand tropfen, mit blauen Lippen vielleicht. Sie war zu lange drin gewesen. Zitternd begann sie sich warm zu laufen. Der Fluss versperrte ihr den Weg. Sie rannte einfach hinein, bis sie schwamm. Er war mittlerweile angeschwollen und hatte die Richtung gewechselt, sein Wasser schien wärmer, aber es schmeckte salzig wie die Wellen. Auf der anderen Seite lief sie sich strandaufwärts trocken. Als sie nicht mehr konnte, verfiel sie in große, langsame Schritte und schlenkerte sich hüpfend immer wieder aus, als gelte es, die Tropfen nicht nur abzuschütteln, sondern auch aus sich heraus. Sie sah keine Schirme mehr, kaum noch Surfer oder Spaziergänger. Längst schwitzte sie wieder, mit Salzwasser kühlte sie Stirn und Schläfen. Bald war sie die Einzige im Dunst zwischen Meer und Sand. Das Licht war gleißend und grenzenlos und schoss ihr in den Mund, wenn sie juchzte oder «Leckt mich» oder «Fuck you» oder «Fuck you, Betti!» rief. Oder schief zu singen begann: «Blackbird singing in the dead of night», immer wieder. Das war Bettis Lieblingslied, seit ihrer zweiten Beatleskassette, aber sie konnte nie mehr als den Anfang. Eine halbe Stunde oder länger ging sie den Strand hinauf, kam an einem Schild mit der Aufschrift «Plage naturistes» vorbei, auch hier war niemand. Sie zog sich den Badeanzug aus und rollte durch den Sand. Dann wusch sie sich in der Brandung, wo es ihr schon im knietiefen Wasser so die Beine wegzog, dass sie stürzte und sich im Muschelsand die Hand blutig riss. Auf dem Strand wurde ihr kalt. Irgendwann war sie an einem vergessenen Handtuch vorbeigekommen. Sie zog sich den getrockneten Badeanzug über die nasse Haut und kehrte um. Sie fand das Handtuch wieder, das aufgerissene Maul eines Tieres war fotorealistisch hineingewebt. Gepard oder Leopard, sie kannte nicht den Unterschied. Betti setzte sich und schloss die Augen, dann streckte sie sich aus. Sie fror jetzt. Das Raubtier war groß genug, dass sie ihren Rumpf darin einrollen konnte. Kopf und

Schultern, Arme, Knie und Unterschenkel mussten draußen bleiben. Dann schlief sie ein.

Als Betti erwacht, liegt wieder eine Zeichnung auf dem Stuhl neben ihr. Sie ist von den Kindern. Sie beschweren die Blätter mit Steinen oder Muscheln. Josie signiert ihre Werke. Die Zeichnung ist also von Jack. Betti kennt das Motiv schon in drei Variationen. Die Wolken verändern sich, mal wachsen Blumen am Strand, mal fahren Schiffe, immer lacht die Sonne in einer Ecke. In der Mitte eine knallrote Frau im Badeanzug. Das ist sie.

Was fehlt, sind die Blasen überall an Kopf, Schultern, Armen, Knien und Unterschenkeln. Nur unter dem Badeanzug ist ihre Haut noch fast wie gewohnt rosa. Eine markstückgroße Blase hängt unter ihrem Auge, sie wagt nicht, sie zu berühren. In der Scheune gibt es keinen Spiegel.

Jedes Mal wenn sie erwacht, erschreckt sie der Schmerz. Falls dann Tag ist, richtet sie sich auf und lenkt sich ab, solange sie kann. Sie trinkt und lässt die Blicke schweifen, bis die sich müde auspendeln zwischen Eulenscheiße und Ofen. Dann erinnert sie sich genau, aber wie an einen Traum. Das macht das Fieber.

Sie erwachte am Strand, als hätte die Müdigkeit selbst sie geweckt, ließ das Handtuch liegen und ging. Das Meer knallte nun nicht mehr, war endlich übergelaufen und hatte auf dem Strand Lachen gebildet. Ihr Rückweg führte zwischen Pfützen und Ozean auf einer vorgelagerten Sandbank entlang. Aber blind für den goldenen Dunst, achtete sie nur darauf, dass sie nicht kotzen musste.

Schwarze Aale schnappten nach ihrer Schuld. Ach was, schwarze Aale, Kleine. Schuldpopuld – ein großes Wort für dich. Du hast einfach mal wieder nur an dich gedacht. Elisabeth. Und die anderen vergessen. Elisabeth? Wir haben dich gesucht! Lisbeth, haben dich gesucht. Betti, da ist Rien.

Als sie vor ihm steht, nass vom Fluss, fühlt sie sich halb ertrunken, obwohl sie waten konnte, und er ruft: «Nein!» In Shorts und T-Shirt sitzt Rien alleine auf seinem Handtuch, rappelt sich hoch, schreit los: «Sag mal, tickst du?» Sie will weinen, presst ihre Lippen zusammen, stößt Luft aus der Nase und saugt sie in winzigen Dosen wieder ein. Aber es kommt nichts. Rien fasst sie fest an den Oberarmen. Sie wird schlaff, damit er sie besser schütteln kann, doch will er nur aus nächster Nähe brüllen. Sie sieht seine Worte in Großbuchstaben, glaubt, sie träumt es.

«Wo warst du, vermaledeite Scheiße? Wo warst du? Weißt du überhaupt, was hier los war?»

Sie dreht nur den Kopf in die Richtung, aus der sie gekommen ist.

«Aber da bin ich doch rauf, drei Kilometer mindestens!» Er kreischt fast.

«Beim Plages naturistes.»

«Bitte?»

«Ich bin eingeschlafen.»

«Was? Das ist mir jetzt auch so was von kackegal. Man sollte dir eine reinhauen.»

«Sorry.»

«Ich kann dich nicht verstehen!»

«Sorry.»

«Sorry? Wir dachten, du wärst ertrunken. Kannst du dir die Kinder vorstellen? Josie hat sich die Augen aus dem Kopf geheult.»

Sie hängt schlaff in seinem Griff. Als er sie loslässt, sackt sie auf die Knie.

«Ziehst du 'ne Show ab, oder was?»

«Mir ist schlecht.»

Er setzt sich wieder, sie kniet neben ihm.

«Alles hab ich nach dir abgesucht. Eingeschlafen. Am FKK-Strand. Ich lach mich krank. Ich bin dann hoch zur Rettungsstation. Die sind sofort mit dem Hubschrauber los, sind ewig draußen rumgeknattert. Mädchen, das zahlst du, wenn was kommt. Der halbe Strand war auf den Beinen und hat aufs Meer geguckt. Und ich musste mich noch um Christine und die Kinder kümmern, die waren ja völlig jenseits. Dann bin ich nochmal zurück. Als der Hubschrauber wieder landete, meinten die, abgetrieben wärst du garantiert nicht. Wäre heute keine Strömung dafür. Entweder bist du ersoffen oder trinkst irgendwo Kaffee. ‹Je suis désolé›, sagte so ein Student und goss sich aus 'ner Kanne irgendwas ein. Deine vollständigen Personalien musste er dann aber doch aufnehmen. Ich wieder zu Christine, dann haben wir deinen Rucksack durchsucht. Dein Ausweis war in deinem scheiß Brustbeutel ... hey! Du! Guck mich an! Was treibst du für ein beschissenes Spiel? Hey, guck mich an! Elisabeth ... Lauban? Elisabeth von gestern Nacht? Betti, nicht? Ich könnte dir links und rechts ... du gehörst ja so was von eingeliefert!»

Sie sieht wieder hinaus aufs Meer. Es wird silbern jetzt am Abend, friedlich.

«Ich Idiot musste dann mit dem neuen Namen zurück. Excusez-moi … non, jetzt nicht mehr September … comme Septembre. Was für ein prätentiöser Scheiß auch! Excusez-moi, ja, Elisabeth. Dann … Lauban, exactement. Nein, nicht mehr aus fucking Weißnicht, nein, nein, nicht aus Monaco. Je vous prie de excuser mon erreur … Elisabeth Lauban, oui, Moment. 48blablabla Warendorf, Voßscheiße 17. Die Wichser haben mich dann keine Sekunde länger ernst genommen. Der Student schob mir einen Zettel rüber, auf den ich meine Adresse schreiben sollte. ‹Of apartment or house›, sagte er. Als spräche ich kein Französisch!»

Sie kotzt.

«Heilige Scheiße.»

Rien greift sich ihr Handtuch und wischt ihr den Mund ab. Er packt ihre Sachen, will durch die Dünen zurück. Er spricht zu sich selbst. Das ist kürzer, und der Weg führt nicht nochmal bei den Rettungswichsern vorbei. Sie zieht ihre Schuhe an. Stopft, was noch rumliegt, in den Rucksack. Sie gehen eingehakt querfeldein.

«Du zitterst.»

Rien legt ihr das Handtuch wieder um.

«Wow», sagt sie.

«Willst du dir nicht noch was überziehen?»

«Wow. Der Blick ist ja unglaublich von hier. Guck doch mal.»

«Hör auf damit!» Rien führt sie.

«Ist das nicht verboten, hier durchzulaufen? Ist doch Naturschutzgebiet!»

Er lässt sie los, starrt sie an. Ohne seinen Arm unter

ihrem zu spüren, taumelt sie, vollführt aber so etwas wie eine Tanzbewegung.

«Du musst mich festhalten», ruft sie.

Ihr Handtuch rutscht ihr von den Schultern in den Sand, der Rucksack fällt herunter, sie schlottert einen Twist, mit blauen Lippen

«Du bist krank», sagt er, «Vögelchen.»

Rien umarmt sie.

«Und du stinkst nach Kotze.»

Sie ruckelt weiter.

«Pscht.» Er hält sie fest.

«Du siehst gar nicht gut aus ... Betti.»

Sie stößt ihn weg.

«Komm!» Rien hakt sie wieder unter.

Hinter einem Schlagbaum führt der schmale Weg zwischen sandigen Vorgärten zu einem Imbiss auf der Promenade, wo Christine mit den Kindern an einem Plastiktisch Pizza isst. Sie springt auf, als sie die beiden sieht, der Plastikstuhl kippt um. Rien und Betti stehen mitten auf dem Weg wie Asterix und Obelix eine Ecke weiter auf dem Karussell, das die Kinder vorhin bestaunten. Christine geht in gerader Linie auf Betti zu, genau hindurch zwischen Kartenständern und einer blonden Familie aus Holland. Sie bleibt stehen, etwas zu nah für eine Ohrfeige. Christine legt eine Hand auf ihren Arm, zieht sie an sich.

«Du wärst tot», flüstert sie ihr ins Ohr, «dacht ich.»

Christine hält sie und bebt. Betti versucht sich an sie zu pressen, aber ein Stein hat keine Arme. Sie wird an den Tisch geführt. Josie starrt sie an, Jack isst weiter.

«Heilige Scheiße», sagt Rien.

Damit fühlt sie sich offiziell vorgestellt.
«Das heißt Scheibenkleister», sagt Jack.

In der Dämmerung öffnet jemand die hintere Scheunentür, kommt aber nicht herein. Von Anfang an hatte Betti Angst vor dem Ofen. Jetzt bricht sich das Mondlicht in seinen glasierten Rauten.

Betti blinzelt. Rot flackert der Rucksack im Schein der Taschenlampe. Dann wird die auf den Boden gelegt, und jemand packt ihre Wäsche aus, stapelt sie säuberlich. Geraschel und Knistern. Das Licht bewegt sich wieder. Der Rucksack kippt um. Wie eine Laterne leuchtet plötzlich eine Plastiktüte. Bettis Briefe werden bestrahlt. Wahrscheinlich ist es tiefe Nacht, keine Ahnung. Jemand kommt an ihre Bahre, es ist Christine, sie setzt sich, wo sie manchmal sitzt, wenn Betti wach wird. Die lauscht mit geschlossenen Augen. Christine geht die Umschläge durch. Sehen nicht alle gleich aus? Bis sie einen öffnet, vergeht so viel Zeit, dass sich das Rascheln eher wie ein Brechen anhört. Betti hat das kürzlich gelesen: einen Brief erbrechen. Christine liest vollkommen still, man hört sie nicht mal atmen. Sie wendet das Blatt, packt es in den Umschlag zurück. Einen, zwei, sechs Briefe betrachtet sie, steckt sie nach hinten. Dann öffnet sie den nächsten. Und so weiter. Die Schmerzen machen Betti unruhig und müde zugleich. Ihre Gedanken krümmen sich. Aber sie versucht, still und aufmerksam zu sein. Christine geht so geduldig Bettis Post durch, als hinge sie eigenen Erinnerungen nach. Plötzlich dreht sie sich ruckartig zu ihr, als wolle sie zuschlagen. Doch sie legt Betti nur ihre kühlen Fingerkuppen auf die unversehrte Stelle an der Stirn. Dann sucht sie wieder, liest. Einmal schnauft Christine. Einmal lacht sie. Es dauert ewig. Als Betti aufwacht, ist es Tag. Ihr Rucksack steht da wie unberührt.

Sie hat wieder vom Ofen geträumt. Er glänzt, auch ohne Mondlicht. Sie muss mal. Als sie die hintere Scheunentür aufstemmt, bricht draußen irgendein Tier los. Krachen, dann gespenstische Ruhe. Betti hockt sich unter den zum Greifen nahen Sternen ins ungemähte Gras. Zitternd vor Fieber oder vor Angst, pinkelt sie sich auf den Slip. Sie lässt ihn draußen liegen, verriegelt die Tür. Vor dem Tischchen, das Christine aufgebaut hat, geht sie in die Hocke und trinkt Wasser aus einer Karaffe. Es tropft ihr auf Bauch und Schenkel. Betti heizt der Frost. Das Gel geht zur Neige. Vorsichtig zieht sie das T-Shirt über den Kopf. Sie tupft, verstreicht es sacht. Ihr Zittern lässt nach, und sie steht wie eine Fackel im Raum. Endlich dringt der Morgen durch die Ritzen. Sie wird hautfarben und der Ofen grau, aber mit einer Idee von Gelb. Sie hockt im Schmutz davor und wischt mit den Fingern den Staub von seiner Glasur, drückt ihre Stirn an seine Rauten, bis sie sich abzeichnen.

«Wie geht's?»

«Nicht gut. Darf ich mir was wünschen?»

«Klar.»

«Umschläge, kalte Umschläge.»

«Ja. Nein, besser nicht. Zu hohe Infektionsgefahr.»

Betti atmet aus.

«Weißt du, was Sonnenbrand auf Französisch heißt?», fragt Christine.

«Nein.»

«Coup de soleil.»

«Fast wie ein Eisbecher.»

«Ich kann dir eine kalte Suppe machen. Gazpacho.»

Wenn sie nachts nicht schlafen kann, hört sie die Stille. Keine Mäuse oder Ratten. Plötzlich ein Scharren auf dem Balken. Aus Angst, die Eule könnte angreifen, sucht sie nicht nach der Taschenlampe, sondern liegt starr und wartet. Aber sie hält die Ungewissheit nicht aus und tastet schließlich doch mit dem Strahl den Boden entlang und an der längst wieder verdreckten Stelle vorsichtig hinauf. Nichts. Später leuchtet sie, wenn sie nachts erwacht, schon fast aus Gewohnheit in die leeren Balken.

Einmal schaut die Eule sie an. Bettis Herz bleibt stehen, sie knipst sofort die Lampe aus. Erst nach Minuten leuchtet Betti wieder und schirmt das Licht zunächst mit der Hand ab. Dann dreht sie den Kegel breit und dimmt vorsichtig auf. Das Tier ist kleiner als vermutet. Aus einem hellen Kreis sehen Betti tiefschwarze Augen an. Reglos sitzt sie da wie in einem unbekannten Märchen, als wollte sie Betti etwas sagen. Ich wüsste so gerne, was. Die Eule schüttelt sich, plustert sich auf. Der Moment ist verstrichen, und Betti hat nichts gefragt. Nun löscht sie das Licht und fällt in einen tiefen Schlummer, aus dem sie am Morgen so frisch erwacht, dass sie einen ersten Spaziergang wagt. Alle schlafen noch. Ich sehe die Eule nie wieder.

Josie und Jack preschen durch die Tür. Beide haben rote Handgelenke und zeigen sie Betti stolz: «Sonnenbranduhren.» Dort hat Rien heute am Strand die Sonnencreme weggelassen.

«Ich hab die Eule gesehen», sagt Betti.

«Wirklich?», fragt Josie.

«Ja, sie ist ziemlich klein, hat mich angeguckt.»

«Du heißt gar nicht September.»

«Nein ... ich bin Betti.»

Sie stehen unschlüssig.

«Und die Audrey?» Josie rollt das r in Audrey.

«Audrey. Es gab mal eine Dohle in unserer Siedlung. Sie gehörte nicht mir. Ab und zu flog sie an unser Fenster und ließ sich füttern. Wir nannten sie Jakob.»

«Wieso Jakob?», fragt Jack.

«So heißen alle Dohlen.»

Jack läuft plötzlich hinaus.

«Was ist das?», fragt Josi, bevor sie geht. Sie zeigt auf den Schlüsselanhänger aus Paris, den Betti am Rucksack befestigt und fast vergessen hatte.

«Bring mal her.»

«Ich kriege das nicht ab.»

Betti erhebt sich, schwer wie eine Feder, nestelt den Anhänger ab und schließt ihn wieder um Josies Gürtelschlaufe. Die freut sich. «Ein Delfin.»

«Schenke ich dir.»

«Wirklich?»

«Du musst auf den rosa Knopf drücken.»

Er funktioniert noch.

Nachts erwacht sie. Eine klobige weiße Taschenlampe mit rotem Schalter steht wie eine Osterkerze auf dem Stuhl und strahlt einen Kreis ins Dach. Rien kniet neben ihr. Ihr Laken ist zurückgeschlagen.

«Hab ich dich geweckt?»

«Was machst du hier?»

«Sorry, ich wollte dich nicht aufwecken.»

«Wie spät ist es denn?»

«Weiß nicht.»

Er schiebt seine Hand unter ihr T-Shirt, leicht liegt sie auf ihrem Bauch.

«Wie geht's?»

«Ey.»

Er lässt die Hand liegen. Dann schiebt er ihr T-Shirt hoch. Ihr Bauch liegt frei, wie auf dem Operationstisch.

«Ey, lass.»

«Was?» Die Finger bewegen sich, als streichelten sie Betti von selbst, er flüstert: «Vögelchen.»

«Nenn mich nicht so.»

«Nicht?»

Seine Hand malt einen Kreis auf ihr.

«Nicht schön?»

«Doch. Hör auf.»

Er drückt sanft, dann fester.

«Nur eine kleine Untersuchung, Schwester.»

«Hör auf.»

«Sie haben doch selbst gesagt ...»

«Ey, verdammt!» Sie richtet sich ein wenig auf.

Seine Hand ist weg.

«Mann, Rien, guck mich doch mal an.»

«Du siehst zauberhaft schrecklich aus, September.»

Sie riecht sein Parfum.

«Ich dachte, du hättest nichts dagegen.»

«Ich hab geschlafen.»

«Schlaf doch einfach weiter.»

Er schaut an sich herab. Sie beugt sich vor, folgt seinem Blick und ist noch überraschter als früher vom dünnen roten Ding ihres geilen Hundes, oder dann vom Hengstglied auf irgendeiner Koppel, lang, schwarz und pissend. Mit links hält Rien seinen steifen Schwanz.

Sie tritt ihn. Mit dem Knie oder Schienbein, sie weiß es nicht. Die Taschenlampe kippt, blendet sie, fällt vom Stuhl. Es rumst. Dunkel. Sie kann ihn nur noch atmen hören. Er stöhnt leise. Dann klimpert seine Gürtelschnalle. Er kriecht über den Boden.

«Rien?»

Sie tastet nach der Lampe, schwenkt den Lichtkegel herum. Er sitzt neben dem Ofen, das Gesicht in den Händen.

«Mach aus!», er schreit es gedämpft. «Fotze!»

Sie reißt das Licht weg. Instinktiv springt sie aus dem Bett, als wäre mit allem zu rechnen. Rien zieht sich am Ofen hoch, macht sich die Hose zu, gebückt, abgewandt. Als er sich umdreht, sieht sie für eine Sekunde Blut in seinem Gesicht. Er bedeckt die Verletzung wieder und verflucht sie, gehend, in seine Handflächen. Oder sie versteht seine Entschuldigung nicht.

Das Fieber ist weg, als sie erwacht. Sie schwitzt, weil es heiß ist. Mittag vielleicht. Auf dem Stuhl ein voller Teller Gazpacho. In einer Tüte daneben ein Croissant. Sie isst, wird nicht satt davon. Ihr Gang ist noch wackelig. Erst nach ein paar Schritten Richtung Tür bemerkt sie, dass sie nackt ist, als wäre ihre Krankheit ein Kleid. Dann sucht sie ihr weißes H&M-Kleid, findet es sorgfältig gefaltet und kaum zerknittert. Es riecht fast wie neu. Als sie es an sich herunterfallen lässt, sieht sie, dass sie abgenommen hat. Es ist für diesen Tag geschneidert in – ich weiß.

Draußen liegt alles verlassen. Auf dem Terrassentisch noch Krümel, die Tür zum Haus ist nicht abgeschlossen. Sie geht einmal herum. Kein Auto. In der Küche stopft sie sich an der kleinen Theke mit Marmeladenbroten voll, stürzt kalte Milch aus der Tüte hinunter. An den Kühlschrank magnetisiert, lächeln Männer auf einer Ansichtskarte, sie stehen auf Stelzen, haben blaue Kugeln um den Hals, tragen zottige Felle und Baskenmützen. «Bergers, Shepherds, Schafer» ist auf die sonst leere Rückseite gedruckt. Mit einer deutschen Zeitung von vorgestern geht Betti in die kühle Diele. Ein schiefer Halbkreis aus groben Binsenstühlen steht um die Feuerstelle, als wärmten sich im Winter hier die Geister der Schafer. Betti zieht einen Stuhl aus dem Kreis, setzt sich, schiebt vorsichtig den nackten Fuß unter den Oberschenkel, sieht ihre aschgraue Sohle. Und Helmut Kohl hat den verhüllten Reichstag nicht besichtigt.

Sie bleibt allein. Die Pendeluhr auf dem Kaminsims geht auf halb drei. Jemand hat sie aufgezogen. Im Musikplayer ist keine CD, aus dem Radio kommt nur Rauschen.

Sie geht zur Scheune zurück und holt den Meister Floh, schon auf dem Rückweg im Gehen fängt sie zu lesen an, die allerletzten Seiten des letzten Abentheuers. Endlich klären die verwischten Fronten sich. In einer Doppelhochzeit trennt sich die Welt der Menschen von der der Blumen, Peregrinus heiratet das englische Fräulein, die Distel Zeherit bekommt die Tulpe Gamaheh (alias Dörtje Elverdink). In der Nacht zieht ein traumhafter Duft durchs Hochzeitshaus. Am nächsten Morgen findet man die beiden Blumen im Garten umschlungen, sie sind verblüht. Peregrinus trauert, aber er lebt noch heute, glücklich verheiratet. Seine Frau heißt mit Vornamen Röschen und hat eine Haut, die wie «das zarte Flockengewebe schien von Lilien und Rosen».

Es würde noch etwas schmerzen, aber Betti könnte jetzt duschen. Zwei Wege führen zum Bad. Der kürzere geht an einem ungemachten Doppelbett vorbei, an Riens Jeans auf dem Boden vor dem Kleiderschrank. In den Spiegeltüren bemerkt Betti ihr sprödes Haar. Sie sieht sich schon in gespielter Verzweiflung hineingreifen, krk, und ein Büschel Spitzen abbrechen. Aber sie steht ganz still und schaut nur.

Fast weiß ist die Stirn unterm Pony. Die Brauen sind unsichtbar blond. Ihre Augen stechen grau aus rosa Höfen. Über den Knochen ist die Haut schorfig, erste Fetzen lösen sich. Die große Blase rechts, wässrig gelb und grün. Sie fasst hin. Rot geädert schimmern ihre Wangen. Die blassen, strichdünnen Lippen rissig, mit ockerfarbenen Krusten. Am Kinn neue Haut. Ihr Gesicht lässt sich nicht mehr zusammenfassen. Sie versucht es noch mit Grimassen, flieht dann ins Bad. Dort wartet schon der nächste Spiegelschrank. Ihre Schultern leuchten, an den weißen Trägern des Kleides blättert ihre Haut ab. Sie klappt die Schranktüren auf, betrachtet sich von hinten, dreht sich. Auf dem linken Träger … verfickter … ein winziges Tröpfchen … Fuck … es ist Ingrids Blut. Sie kann noch nicht duschen, es würde zu weh tun. Aber sie will mit irgendetwas beginnen. Sie lächelt.

Rien hat beim Abschied ein breites Pflaster im Gesicht. Jack will nicht mitkommen zum Bahnhof, sondern bei seinem Vater bleiben.

«Und du?», fragt Betti.

«Klar!» Josie und Christine schleppen Bettis Gepäck zum Wagen.

Als sie außer Hörweite sind, bricht Rien mitten im Satz die Geschichte von seinem nächtlichen Sturz in diese alte, rostige Ölpresse ab.

«Nichts für ungut», sagt er, «September Nowak. Gute Fahrt.»

Sie waren früh in Dax, der Zug fuhr erst in einer halben Stunde. Christine fragte Betti, ob sie warten sollten.

«Bitte», antwortete sie.

Betti spendierte Josie ein Eis, die schleckte es neben ihrer Mutter auf einer Bank gegenüber der Telefonzelle, aus der Betti ihre Eltern anrief. Ihre Mutter weinte, und ihr Vater schrie im Hintergrund, weil sie sich kein einziges Mal gemeldet hatte. Die Postkarte aus Monaco war am Tag zuvor erst angekommen.

«Soll ich etwas kochen?», fragte ihre Mutter als Letztes.

«Ach, ist nicht nötig, Mama.»

Josie war aufgestanden und auf einem Bein gehüpft, bis die Eiskugeln aus ihrer Waffel fielen. Fassungslos starrte Josie auf den Boden, dann auf Betti in der Zelle.

«Soll ich Rouladen machen?»

«Ich liebe Rouladen.»

Als ihr Zug kam, ging alles schnell. Christine umarmte sie fest und wortlos, Josie gab ihr brav die Hand. Betti beugte sich zu ihr hinunter, drückte auf den rosa Knopf, der Delfin keckerte. Sie schulterte ihr Gepäck, ließ die anderen Fahrgäste vor, stieg als Letzte ein. Die beiden winkten, blieben stehen, und sie fuhr ab.

# PS

Sie haben an die Autobahn eines dieser braunen Hinweisschilder mit Sehenswürdigkeiten der Region gestellt, wie die Franzosen sie auch haben, etwas technokratischer, aber genauso hässlich: «Mathildenhöhe Darmstadt – Zentrum des Jugendstils». Ich hatte noch nie davon gehört.

Vor sechs, sieben Monaten war ich unterwegs zu einem Essen mit dem Kulturdezernenten von Speyer. Beim nächsten Parkplatz nach dem Schild fuhr ich raus, schlug Darmstadt in meinem Handschuhfachbaedeker nach und beschloss, diese Stadt morgen auf dem Rückweg zu besuchen.

Es war gegen zehn an einem Sonntag, als ich unterhalb der Mathildenhöhe einen Parkplatz direkt vor einer Litfaßsäule fand, und ich beugte mich über das Lenkrad, um ein leicht verwirrendes Fotoplakat zu betrachten. Aus einer unmöglichen Perspektive, zugleich von oben und von unten, zeigte es Wartende an Bahngleisen hinter Brüstungen aus Beton, ein Blick in einen U-Bahnhof, der wie eine mehrstöckige Torte gebaut war. Das Bild war von Andreas Gursky. Das Museum Künstlerkolonie Mathildenhöhe zeigte eine Ausstellung seiner Fotos.

Ich machte mich den Weg bergauf. Ein sonniger, klarer Morgen. Der lange Abend gestern mit den bärtigen Speyerer Honoratioren hing mir nach, und müde trotz der leichten Luft trottete ich vorbei an vielen schönen, oft seltsamen Häusern und Villen, Anwesen, an einem vom englischen Rasen in den blauen Himmel gerichteten schillernden Hausfrauenkunstwerk, an bunten Fahnen von Studentenverbindungen.

Der Weg führte durch einen Stadtpark, Vögel sangen. Hinter einer Mauer die Kronen niedriger Platanen. Langsam tat sich ein verrücktes Ensemble auf. Der Hochzeitsturm, eine fünfpfeifige Orgel aus Backstein, daran ein breites Haus mit rotem Dach, auf dem eine Skulptur, ein Mann, balancierte. Er schaute in Richtung eines plumpen Portalbaus mit einem beigen Wappen über dem Eingangstor, auf dem ein Bär eine Nase drehte.

Rechts die russische Kapelle, mit leuchtend goldenen Regenrinnen, davor ein kühl schimmernder Pool, gefliester grüner Grund und blaue Wasserlilien, keinen halben Meter tief, Kalkfahnen an den Wasserspeiern. Alles postkartenstill, als ich davorstand.

Auf einer Plane rechts, diesmal riesig, die U-Bahn-Station. Ich betrat das Foyer. «Will die Dame auch das Wasserreservoir besichtigen?», fragte der Kassenmann, und ich erinnerte mich, dass es laut Baedeker selten zugänglich sei. Er erklärte mir den Weg.

Ich musste wieder hinaus, die flachen Stufen hinab auf den Vorplatz, folgte einem Laubengang bis zu einer Metalltreppe, wo ein hübscher Junge saß und rauchte. Er fragte mich gelangweilt nach meiner Schuhgröße, ich murmelte «Fünfunddreißig» und verstand die Frage erst im kleinen Foyer des Reservoirs. Über einem Abgrund voller Rohre war ein Gittergeschoss eingezogen, dort hütete er eine Batterie gelber und schwarzer Gummistiefel, er gab mir das kleinste Paar, ein schwarzes, und riss zwei kleine Mülltüten von einer Rolle. Von unten Musik. Ich zog die Tüten über meine Füße und die weiten Stiefel darüber, sodass es raschelte bei jedem Schritt. Der Junge hatte nichts weiter erklärt. Von draußen näherten sich die Stimmen der nächsten Besucher.

Ich stieg hinab, erst über Stahl-, dann über schmale Steinstufen, bis auf einen Vorsprung. Vor mir schwarzes Wasser. Erst traute ich mich nicht. Dann trat ich doch hinein, es war nur knöcheltief, und ich bewegte mich vorsichtig mit zitternden Knien. Man sah nirgendwo den Grund, alles war in Halbdunkel getaucht. Ich watete durch einen großen Saal mit vielen Nebensälen und gebogenen Decken, vielen Toren, alles aus Backstein. Aus kleinen Boxen erklang Stockhausen, das hatte oben ein Aushang erklärt, ein schiefgestimmter Chor, dazu das Plätschern der fünf, sechs anderen Besucher. Kaum einer sagte was. Wir wateten vorsichtig gegen den sanften Widerstand, mit vom Auftrieb leichten Füßen. Zwei Mädchen mit Baseballkappen, wie Science-Fiction-Nonnen, filmten mit ihren Handys, und unter den weißen Schirmen schienen ihre Gesichter zu phosphoreszieren im Licht der Displays.

«Ich wusste nicht, wohin», sagte ich zu dem Jungen, als ich wieder draußen auf der Treppe war. Geblendet hielt ich ihm die Stiefel entgegen. Er nahm sie mir ab, Zigarette im Mundwinkel, wies mit der Linken auf den Eimer, in den ich die Mülltüten warf.

«Schönen Sonntag.»

«Gleichfalls.»

Aus der russischen Kapelle strömten die Gläubigen. Ich lief quer über den Platz, schwang mich auf die Mauer gegenüber einer goldenen Giebelheiligen und ließ die Beine baumeln.

Erde aus ganz Russland hatten sie 1897 in die Baugrube der Kirche geschaufelt, die Zar Nikolaus bezahlte. Es heißt, seine Ehe mit Alix aus Darmstadt sei eine Liebesheirat gewesen, gegen den Willen seiner Mutter, die die Deutschen hasste. Zwei Jahrzehnte später erschossen die Revolutionäre ihn, seine Darmstädter Prinzessin und ihre fünf Kinder hinter dem Ural. Ihr Todestag im Juli wird auf der Mathildenhöhe mit einer Ikonenprozession begangen, denn seit 1981 werden die sieben als Neo-Märtyrer verehrt.

Diese Prozession hätte ich gern gesehen. Ich las das alles in einer Broschüre, die ich im Museumsfoyer mitgenommen hatte. Was mich aber am meisten erstaunte auf meiner Mauer, waren die eleganten und sehr bunt gekleideten Frauen, die sich nach dem Gottesdienst im Park verteilten. Leuchtende Kopftücher, Blumenkleider und -röcke, abgestimmt zu schwarzen, braunen und französisch blauen Strickjacken. Eine mintgrüne Stola zu lila Strümpfen. Manche schoben Buggys. Vielleicht übertreibe ich, aber es kommt mir vor, als hätte ich keinen Mann darunter gesehen. Bis auf den Popen mit Bart. Er schloss die Pforten. Dann ging ich zurück zum Museum.

Drinnen, im ersten Saal, hing an der Stirnseite die U-Bahn-Station. Alle Fotos waren sehr groß und wirkten poliert. Ich las die Informationstafel zu Andreas Gursky. Ein paar seiner Arbeiten kannte ich und wusste, er kam aus Düsseldorf. Gleich beim ersten Bild ging ich so nah ran, dass ich mir den strengen Blick einer gräulichen Wächterin einhandelte. Es zeigte eine kreisrunde Bibliothek, deren Steinboden die Bücher spiegelte wie ein glatter See, und ich bildete mir ein, aus nächster Nähe vielleicht Titel und Autoren entziffern zu können. Es gab Fotos von schönen Hochhäusern, imposanten Laboratorien, von Menschenmassen. Und irgendetwas hatten sie gemeinsam mit den anderen Bildern, die nur verschalte Saaldecken oder gelbe Rillenmatten zeigten. Mir gefiel das sehr. Im nächsten Raum hingen die «James-Bond-Islands», so hieß eine Reihe sich ähnelnder, düsterer Montagen von kleinen asiatischen Trauminseln, verwirrend perspektivisch gedreht und wiederholt. Der Computerfleiß des Fotografen störte mich. Doch dann stellte ich mir die Inseln hinterm Schreibtisch eines russischen Gasmoguls vor. Sie waren teuer genug, um an einem solchen Ort zu landen. Und dort passten sie auch hin. So ging ich in Gedanken, bis ich in einer Nische vor einem großformatigen, besonders unübersichtlichen Bild stand, das auf den ersten Blick nichts Spektakuläres zu haben schien.

«Monaco, 2006». Der Titel traf mich. Dann entdeckte ich das Hafenschwimmbad. Am linken Rand des Bildes, überrollt und umstellt von Asphalt und Aufbauten. Da, wo ich auf meinem Handtuch geweint hatte, spannte sich jetzt spitzwinklig eine Tribüne. Sie nahm die Liegefläche bis zum Sprungturm ein, den sie überragte. Davor eine buntmarkierte, graue Kurve bis zur nächsten Tribüne. Die war massiver, überdacht und offenbar ausverkauft. Direkt unterhalb des Schwimmbads verlief jetzt eine sechsspurige Autobahn samt Mittelstreifen. Drei Spuren, fast leer, auf den anderen Menschengetümmel in Gelb, Blau, Weiß und Rot. Breit asphaltiert war auch der Streifen zwischen Schwimmbecken und Hafen, dahinter Yachten, die weit draußen im Meer immer fetter wurden.

Ich setzte mich auf eine Lederbank und betrachtete Monaco weiter wie von oben. Aber ich hatte das Gefühl, als hätte Andreas Gursky von einem Kran oder Hubschrauber oder siebzehnten Stock aus gar nicht Monaco zigmal fotografiert und später an Flachbildschirmen in Düsseldorf womöglich tagelang bearbeitet – sondern mich. Ich meine, als hätte er mein Leben als Modell genommen.

Es dauerte etwas, bis ich begriff, worum es auf dem Bild eigentlich ging. Das Stade Nautique liegt inmitten der Formel-1-Rennstrecke, das Foto zeigte den Grand Prix von Monaco. Das bunte Getümmel am unteren Bildrand waren die Technikteams der Rennställe, sie standen um ihre Wagen in den Farben ihrer Marken. Ein Rennwagen hing zwischen den Tribünen über der leeren Straße an einem Kran wie an einer gelben Angel, er qualmte. Auch das sah ich erst jetzt. Möglich also, dachte ich, dass die Fotografie doch unbearbeitet war. Allmählich bekam ich Abstand, als mein Blick auf die Schwimmerin im Fünfzig-

Meter-Becken fiel. Sie zog durchs Wasser, allein mit ihrem Schatten. Meine dreizehn Jahre alten Tränen waren einfach lächerlich. Aber ich konnte mich nicht fassen und musste mit ihnen durch die Ausstellung nach draußen und hinunter zur Litfaßsäule.

FOSTER'S
zepter

Sie besaß Phantasie – den Muskel der Seele –, und zwar eine besonders kräftige, beinahe männliche Phantasie. Auch besaß sie jenen wahren Schönheitssinn, der viel weniger mit Kunst zu tun hat als mit der stetigen Bereitschaft, den Glorienschein um eine Bratpfanne und die Ähnlichkeit zwischen einer Trauerweide und einem schottischen Terrier wahrzunehmen.

*Vladimir Nabokov:* Das wahre Leben des Sebastian Knight

Sie besaß Phantasie – den Muskel der Seele –, und zwar eine besonders kräftige, beinahe männliche Phantasie. Auch besaß sie jenen wahren Schönheitssinn, der viel weniger mit Kunst zu tun hat als mit der stetigen Bereitschaft, den Glorienschein um eine Bratpfanne und die Ähnlichkeit zwischen einer Trauerweide und einem schottischen Terrier wahrzunehmen.

*Vladimir Nabokov:* Das wahre Leben des Sebastian Knight

Markus Berges dankt herzlich:
Martina Göken, Hubert und Frieda Berges, Petra und
Malina Lindner, Gunnar Schmidt, Wilhelm Trapp, Susann Rehlein,
Sabine Keller, Kandea Schikora, Dunja Berndorff,
Stephan Pauly, Ekimas, Anika Engel, Ingeborg Jaiser und
Lothar Schmidt (Lomographische Botschaft Deutschland)

MIX
Papier aus verantwortungsvollen Quellen
FSC® C083411

Das für dieses Buch verwendete FSC®-zertifizierte Papier
*Schleipen Werkdruck* liefert Cordier, Deutschland.